In Dankbarkeit
für »die wunderbaren Jahre«
Erika,
Martha,
Elsbeth &
Frau Simon
gewidmet

Karsten Dümmel

Strohblumenzeit

Roman

: TRANSIT

Inhalt

»(...) die menschen meiden die
stille
sie könnten in sich sonst
die schuld knien hören«
Reiner Kunze

Heute

Er konnte sich nicht erinnern, wann er den Zettel in seiner Tasche entdeckt hatte. Irgendwann fingerte er das fremde Papier im Kittel. Er wusste nicht, wer es ihm zugesteckt hatte:

HAUSSUCHUNG – HEUTE.

Tröpfelnde Milch aus Wasser, Dunst und Licht. Verhangene Laternen am frühen Morgen. Leicht fahl und übermüdet. Dämmerung, ein Vorplatz und einer, der hinübergeht: Arno K., groß und hager, mit blasser Haut und eingefallenen Wangen. Wache Augen, schmale Nase, um den Mund weiche Züge. Das Haar – halblang, etwas schütter, aschblond. Vor sechsundzwanzig Jahren hat ihn die Hebamme ins Leben gezerrt. Hier, in dieser Stadt, in der Charité. An einem Februartag, fünfzehn Uhr fünf, Kreißsaal B, Frauenklinik Haus Sieben, bei klirrendem Frost und einer blauenden Wintersonne. Kindergarten, Schule, Ausbildung, Abitur. Den Vater kennt er kaum wie die Mutter. Nachkriegszeit – Hungerzeit. Siebzehn Stunden Maloche in der Backstube, Montag bis Samstag, sechs Tage die Woche, da blieb kaum Zeit für Kinder. Und auch kein Raum dazwischen. Eine Zugehfrau half, wann immer sie konnte. Mit dreizehn kam er ins Internat. Mit siebzehn ging der Bruder. Das Jahr darauf starb der Vater.

Vier Grad über Null. Es ist Spätsommer, nur die Morgen sind frostig herbstlich. Eigentlich ein Morgen wie andere auch, denkt Arno, während er den Zettel in der Hand zerknüllt. Die Finger vibrieren und spielen mit dem Papierknäuel. Gedankenversunken rollt er ihn zwischen Daumen, Mittel- und Ringfinger zu einem Kügelchen. Zwanzig Minuten nach sechs.

Noch ist es dunkel.

Arno K. ist die Zielperson des Operativen Vorgangs „Strippenzieher" (OV). Die Vorgangsperson wurde bereits 1968 operativ bekannt auf Grund seiner negativen Ansichten im Zusammenhang mit den Maßnahmen der Warschauer Vertragsstaaten in der CSSR. Bis zum Sommer 1974 wurde er als Operatives Material (OAM) von unserer Diensteinheit (DE) unter Kontrolle gehalten. Im August erfolgte der Beschluß zur Umregistrierung zum OV durch die Bezirksverwaltung. Oberstes Kriterium der operativen Bearbeitung ist, bereits bei ersten Anzeichen feindlicher Öffentlichkeitswirksamkeit zu reagieren und jegliche Feindtätigkeit auszuschließen. Für die im OV „Strippenzieher" bearbeitete Person ist die strafrechtliche Verantwortlichkeit im Sinne von Staatsverbrechen, Straftaten der allgemeinen Kriminalität oder anderem Fehlverhalten zu prüfen bzw. nachzuweisen. Hierfür wird zum 27. September 1976 eine konspirative Hausdurchsuchung angeordnet. Die Partner des operativen Zusammenwirkens - Polizei, Abschnittsbevollmächtigter, Kaderleiter des Stahlwerks, Parteisekretär, Bereichsmeister, Post und Wohnungsbauamt - sind unter Legende einzubinden.

Das alte Stahlwerk war Volkseigentum wie Straße und Viertel. Nur die Stadt gehörte niemandem – sie war zerrissen wie das Land und seine Bewohner. Die Stadt ruhte noch in ihrer Angst. Sie schlief nicht mehr und war doch nicht wach. Und dennoch war sie umgeben von einem Dunst aus gequältem Gestöhn und unterdrückter Lust, aus feuchten Küssen und dumpfen Schlägen. Ein zerschlissener Mantel, der sie umhüllte – abgetragen von der Zeit. Wie außerhalb von dieser Welt. Die Stadt hatte schon vieles gesehen. Zerstörung, Zerschlagung und Teilung. Abbruch und Aufbau. Abschied und Ankunft. Schmerz und Trennung. Verzweiflung, manchmal Verrat – niemals aber Mitleid. Sie war geschunden und vergewaltigt worden und hatte sich keuchend gefügt. Beständig und immer und immer wieder. Und auch an diesem Morgen lag die Stadt gekrümmt wie in Ketten. Unruhig und erregt wand sie sich hin und her. Noch fest umarmt vom leisen Atem der Nacht. Die Stadt – Berlin. Ostberlin – ein Montag im September, einunddreißig Jahre nach Kriegsende. Sechs Uhr fünfundzwanzig.

Die Stadt erkannte Arno durch ihr Gedächtnis, wie Haus und Straße ihn erkannten. Hier und da und an anderem Platz. Die bewohnten und die unbewohnten Viertel; das geordnete Dickicht der Häuser und die teils verwilderten Senken halbverminter Äcker und Wege jenseits verkommener Bahnhöfe, in denen kein Zug und keine S-Bahn mehr hielten und Stacheldrahtrollen den Zugang verwehrten. Wo verrostete Waggons tagsüber wachten und Peitschenlampen die Nacht nach Leben absuchten. Betonierte Talsohlen mit angelegten, schmalen Verzweigungen. Hundelaufgraben und Patrouillenweg. Die längst verwaisten Spielplätze seiner Kindheit. Die Gassen und Sackgassen, die stets begrenzt waren und niemals ins Nirgendwo abfielen, die keine Möglichkeit von Passage kannten, kein Transit und kein Visum erlaubten. Verriegelte Jahreszeiten, sommers wie winters. Fliehende Wolken – und Beobachtungstürme dazwischen. Die vergeblichen Versuche nach Weite und Offenheit am Rande eines möglichen Lebens. Der Sommer – himmelwärts abgeschnitten, begradigt und abgeholzt. Lichtsperranlagen und im Winter der feingeharkte Schnee zur Spurensicherung. Niedergetretenes Land – Niemandsland. Unterirdische Kanäle, die sich ausbreiteten wie ein bösartiges Geschwür unter der Stadt, und die halbverschütteten Bunker, die nach und nach die stinkende Kloake vergangener Jahrtausende freigaben, betonierte Bunker, deren stählerne Öffnungsluken fest verschweißt und deren Fluchtwege allmählich dem Vergessen preisgegeben waren wie die geheimen Korridore irgendeines fremden Labyrinths. Immer wieder schwemmte ihn die Stadt an diese Orte zurück, in losen Folgen, solange dies überhaupt möglich war. Orte, die Arno gut kannte und die für ihn frei von der Gefahr waren, überrascht zu werden von schleichender Veränderung oder Täuschung. Hier blieb sich die Landschaft treu: gesperrtes Blickfeld – vergitterte Wege. Zwischen Unkrautfeldern und Schuttbergen aus Asche, Lehm und Schamott hatte er auf den verwahrlosten Hinterhöfen und in den halb verschütteten Kellern den feuchten Modergeruch der Trümmer in sich eingesogen wie ein Säugling die Milch seiner Mutter. Stadtkind blieb Stadtkind und Dorfkind war Dorfkind.

Gestern

In Mecklenburg, während der Sommerferien, war Arno im Dorf gewesen. Die Kleinstadt, die immer sein Dorf blieb. Im Sommer und gelegentlich auch im Herbst oder Winter war er gekommen. Jahr für Jahr.

Ostelbien – neunhundertdreiundneunzig Jahre nach dem letzten Slawenaufstand. Pommerische Grenzregion, im Südwesten das wendische Circipanien. Heidnisches Land mit Swantewit, dem vierköpfigen Götzen. In die Knie gezwungen von König Waldemar von Dänemark. Mit dem Schwert blutig bekehrt nach zwei Jahrhunderten vergeblichen Widerstands gegen die Botschaft der Christen. Das Dorf: Dargun, nördlich von Malchin und westlich von Demmin, am Rande des Peenetals, umgeben von Wiesen, Hügeln und Wäldern. Dazwischen Flüsse, Sölle und Seen. Die Straße zum Dorf – verwittertes Katzenkopfpflaster. Etwas blind und abgetreten. Jahrhundertealt. Staubgewölk; kein Glanz stand mehr im Licht. Die Straße – wie ein gebeugter Rücken, sich krümmend und windend, ohne Halt, ohne Randstein, ohne Trottoir oder Seitenweg. Das Katzenkopfpflaster flankiert von den Wassergräben der Röcknitz, Rinnsteinweg – winzige Adern – daneben Eichenwälder, soweit das Auge reicht. Bemooste Baumwurzeln, wasserumspült. Das Gras atmet Licht. Vergraute Grenzsteine ab und an, mit ausgewaschenen Jahreszahlen und bröckelndem Wappen darauf. Die via regia. Allüberall der Zuspruch der Bäume. Das Eichenlaub verschwendet sich, flutet die Augen in dieser Landschaft. Sich erinnernder Staubtanz flirrend im Zwielicht des Sonnenschattenspiels. Dazwischen grünt das Vergessen.

Über die Straße schlugen Frühjahr und Sommer ihr Dach; Herbst und Winter deckten sie zu. Regennass. Froststarr. Ein verwaistes Bett aus bemoostem Kopfstein, Sand und Kies – die Arbeit der Zisterzienser, lange bevor Berno von Schwerin zur Altarweihe ins nahe Kloster schritt.

Abends wohnten auf der einen Seite des Sees nur der Mond und die Wälder, auf der anderen – Schloss- und Klosterruine. Dazwischen Seerosen im Spiel von Wind und Wasser. Mücken und Libellen wisperten der Nacht ihr Lied. Großmutters Stube lebte beim Mond. Halb vertümpelt zwischen Binsen, Teichzigarren und Schilf am Rande des schwarzen Schlicks, der das Ende des Dorfes markierte. Dahinter lagen einzig der Judenberg und weit abseits – die Franzosenschneise.

Während der Schulferien hatte Arno die Tage häufig in der Klosterruine oder auf dem Friedhof verbracht. Hier, im Dorf, bei der Großmutter, den Zigeunern oder den Schaustellern. Neun oder zehn Jahre war er damals gewesen. Acht Wochen Ferien im Sommer, im Winter zwei oder drei. Räuber und Gendarm – zusammen mit den Jungen vom Ort oder den Kindern der Zigeuner. Streng getrennt, niemals gemeinsam. So war die Regel. Geschirrtücher zu Flaggen und Standarten verwandelt. Bemalt mit Schwertern, Krone und Totenkopf. Gewehre gerichtet aus Holz, Blech und Kordel. Ein, zwei, drei, vier Eckstein, alles muss versteckt sein ... wer hinter mir steht, wer vor mir steht ... der muss es dreimal sein. Windhauch und Lichtgespinst im sicheren Unterschlupf. Kläffende Hunde, umgeben von Ziegen und Ponys.

Zwischen Schule und Krankenhaus lag der Friedhof. Eingemauert in des Dorfes Mitte: Bäcker Sparre, Bismarck-Platz, Rathaus und der Kaufmann vom See. Schulstraße, Kriegerdenkmal, Röcknitzstraße. Kurze Wege von hier nach dort. Brandwehrhaus und Steinhauerei: *Max Petitjean – Gepflegte Grabmalkunst.* Die Friedhofsmauer – grauer Feldstein mit Hecke; das Torhaus – Fachwerk mit rotem Backstein. Indianer-Ziegel hatten die Jungen gesagt. Indianer-Ziegel – zur Kriegsbemalung. Und die Gittertüren – bestückt mit Pfeilen und Lanzen. Einige Stäbe lose, andere fest. Schmiedeeisern verwoben mit Ranken und Eichenlaub. Süd- und Nordtor dienten als Zu- und als Fluchtgang. Verstecke aus Bäumen und Büschen, Alabaster und Marmor dazwischen. Akazienumsäumt. Im Efeu und Knöterich versanken die Gräber langsam im Erdreich. *Hier ruhet in Gott der Erbmüller G. C. J. Junge, geboren den 19. Juni 1811, gestorben den 17. November 1864.* Mannshoch und dunkelschwarz: grobporiges Gusseisen. Schmächtige Kletterrosen zwischen ihm und dem Grab seiner Frau. Erdverbunden, luftvermählt. Daneben: Geschundener Leib Christi. Holzkreuze ragten vereinzelt in den Himmel. Wüst verzurrt, windschief und halbverwittert – wie enthauptete Telegraphenmasten. Links – die Namenlosen. Die Soldatengräber vom 30. April fünfundvierzig. Acht Tage vor Kriegsende.

Leicht erhöht, im blühenden Ginster grüßten zwei Engelsknaben herüber. Hüter auf steinernen Sockeln – seit mehr als zweihundertfünfzig Jahren. Wachsam mit verborgener Miene standen sie vor der Schwedengruft. Zugemauertes Rundfenster, splitterndes Holz und über der Tür – die SCHWANENJÄGER: Sandsteinrelief mit antiken Kriegern im Fluss, Schild und Bogen geschultert. Gekreuzte Schwanenhälse, leblose Flügel, von

Pfeilen durchbohrte Körper – übereinander geworfen im Boot. Sechs an der Zahl. Bereit zur Abfahrt; bereit zum Transport.

Jedes Kinderjahr war er ins Dorf gekommen, bis sich die Spiele mit der Zeit verloren und der See und die Wälder, die Friedhof und Großmutter umgaben, ihre Geheimnisse preisgaben.

Heute

In Arnos Stadt waren die Friedhöfe anders. Süd- und Nordtor gab es nicht. Nicht auf dem Invalidenfriedhof und auch nicht auf St. Hedwig. Zugang und Abgang waren von Schranken und Posten verstellt. Einbahnstraße – Sackgasse. Gräber und Tote geteilt wie die Stadt. Selbst die Engel verweigerten den Kniefall im Diesseits. Schamvoll verbargen sie ihr Antlitz vor Streckmetallzaun, Mauer und Signaldraht. Flügelabgewandt verharrten sie im Schatten der hundertjährigen Linden. Untergepflügte Erinnerung. Verschüttetes Gedenken. Keine Stimme im Himmel, kein Zwitschern am Boden, nur das Flüstern im Gras. Überwucherte Unterstände im Unterholz. Sperrgebiet. Achtung – Passierscheinkontrollpunkt. Berlin Mitte: Chausseestraße, Oranienburger und Invalidenstraße. Landsberger Allee, dann Ostkreuz, Plänterwald, Karlshorst, Erkner – die Stadt außerhalb der Stadt. Und das Land ringsum. Offene Weite ohne Raum.

Arno hatte die Schicht überstanden. Die Nacht war vorbei. Vergeblich hatte er auf etwas Ruhe und Schlaf gehofft. Vor der Elektrowerkstatt schloss er das Fahrrad auf. Fünf Räder standen abseits am alten Kesselhaus. Einige verrostet. Er schob das Rad vom Vorplatz in Richtung Werkstor. Im Kopf zählte er die

Schritte. Bei neunundsechzig blieb er stehen. Der Zettel – die Worte hämmerten noch immer im Schädel.

HAUSSUCHUNG – HEUTE.

Noch dreiunddreißig Minuten bis Schichtende. Arno fühlte sich gestreift von Unsicherheit und Angst. Es war noch nicht Tag, und es war nicht mehr Nacht. Weiße, sich langsam ausbreitende Kondensstreifen zwischen Gestirn, Gefieder und Gewölk. Anfangs schmal und ganz klein, dann breit und weit – bis sie sich auflösten mit der Zeit. TEGEL, dachte Arno, als er den Flugzeugen im Sinkflug nachschaute. Kleine, silberne Punkte in einem sich auflösenden Nest aus vibrierendem Blau und kreisendem Weiß.

Der Herbst war in die Bäume gekommen. Über Nacht, verschlagen, mit leisen Schwingen. Die Tage kürzer. Die Erde erschrocken. Und der Sommer floh kopflos die Stadt.

Der Morgen fiel langsam auf die Werkshallen. In der vergangenen Nacht hatte es einen Kabelbrand gegeben. Drüben, am Umspannwerk, unmittelbar neben dem alten Kesselhaus. Notdürftig hatte Arno die einzelnen Phasen überbrückt, Leitung um Leitung miteinander verbunden. An manchen Stellen lagen die Kabel unter einem zentimeterdicken Mantel von Asche und Ruß, starr, unbeweglich. Andere Stellen waren frei. Frost funkelte auf der Isolierung. Die Finger waren Arno steif gefroren bei der Arbeit. Null Grad oder weniger mussten es in der Nacht gewesen sein. Dazu ein scharfer Wind. Der Atem gefror an den Nasenflügeln. Im Radio hatten sie vor Bodenfrost gewarnt. Dem ersten in diesem Jahr. Schließlich hatte er es geschafft. Sechs Rohrschellen mussten aufgesägt und die Kabel nachgezogen werden. Einzeln. Meter für Meter. Der Rest blieb für die Frühschicht. Zwei Muffen – oder im schlimmsten Fall eine Brücke zwischen Verteiler und Zelle. Für drei Leute ein Vormittag, dachte er. Leichte Arbeit – das musste zu schaffen sein.

In seiner Schicht blieb Arno allein. Unter den Kollegen wurde nur wenig geredet. Fast waren sie ohne Sprache. Sorgen und Nöte verschlossen den Mund wie der Qualm vom Brenner und der Dampf des Ascherosts im alten Kesselhaus. Meistens äußerten sie sich mit kurzen Ausrufen, die unmittelbar die Arbeit betrafen. Was fehlte, was nützte. Was gut ging, was schlecht. Wenn sie zu sprechen ansetzten, roch Arno den billigen WISMUTFUSEL aus ihrem Atem. Der Schnaps, der ihnen nach den ersten Worten im Hals aufstieß, breitete sich im Raum aus wie der Geruch faulender Äpfel und abgestandenen Biers.

Stille atmete in Werkstatt und Kesselhaus.

Arno hatte es vermieden, den Bereitschaftsdienst anzuklingeln. Die Notfallnummer war auf Karton geschrieben. Karierte Karteikarte, vorsorglich gelocht, deutlich sichtbar über Schraubstock, Bohrmaschine und Werkbank gehängt. Eine Reißzwecke ersetzte den Haken. Fragen und Erklärungen hätten unnötig Zeit gekostet, dachte Arno, wären störend gewesen. Auch so hatte alles sein Ende gefunden. Er hatte den Dispatcher angerufen und ihm den Störfall gemeldet, hatte die Protokolle geschrieben, wie es Vorschrift war, und die Papiere geheftet. Sorgfältig, mit zweifachem Durchschlag für alle Beteiligten. Das war's. Kein Gerede, kein Gejammer, kein Ärger. Alles hatte seine Ordnung, dachte er, wie immer, wie überall.

Bis Frühjahr 1974 fiel die Zielperson mit seinen Texten in Schreibwerkstätten der Freien Deutschen Jugend positiv als „junges Talent" auf und erhielt deshalb im August 1974 gemeinsam mit fünf weiteren Akteuren aus Jena von den zuständigen Organen eine

Delegierung zum 4. Zentralen Poetikseminar nach Schwerin. Hier stellte die OV-Person jedoch subversive Machwerke mit einer feindlich-negativen Grundhaltung vor, die sich eindeutig gegen Staat und Gesellschaft richteten. Trotz intensiver inoffizieller Arbeit konnte nicht verhindert werden, daß die Vorgangsperson den Wettbewerb gewann. Mehrfach kam es in der Vergangenheit dazu, daß Texte von ihm in „Sinn und Form" und „Neuere Deutsche Literatur" (NDL) abgedruckt wurden. Durch inoffizielle Gutachten unserer Diensteinheit wurden ihm zudem eine „große Begabung" und ein „außerordentliches literarisches Talent" attestiert. Hier gilt es, schöpferisch und differenziert die Zersetzungsmaßnahmen auszubauen und zu entwickeln. Die Vorgangsperson ist seit Beginn des OV auf unbegrenzte Zeit für ein Studium an allen Fach- und Hochschulen gesperrt. Seit Herbst 1974 konnte durch Mitarbeiter der HA XX/9 zudem erreicht werden, daß seine Texte von Verlagen und Zeitschriften im Inland abgewiesen wurden. Es wurde festgelegt, seine Schriften als „ohne jedwede literarische Qualität" zurückzuweisen. Diese Maßnahmen zeigen erste Wirkung.

Er war auf dem Weg nach Hause, und es interessierte ihn nicht wirklich, dass er noch eine halbe Stunde hätte warten müssen, ehe ihm die Erlaubnis erteilt worden wäre, die Fabrik zu verlassen. Zehn bis fünfzehn Arbeiter lungerten halbversteckt seitlich vom Pförtnerhaus. Etwa die Hälfte von ihnen kauerte auf dem Boden neben der Halle und rauchte. Einige trugen Nylonbeutel, blauviolett mit roten und gelben Punkten. Die Henkel fest ums

Handgelenk geschlungen. Starr richteten die Männer ihren Blick auf die Werksuhr. Zigarettenqualm umgab sie mit feinem Nebel. Glut leuchtete der Morgenröte entgegen, während die Augen der Uhr folgten. Die Zeiger drehten sich zum Himmel. Minute für Minute. Wie in Zeitlupe. Der Himmel – dunkel, fast blauschwarz und doch nicht mehr Nacht. Und durch ihn stürzte das erste Licht und warf vereinzelt Schatten, die sich an der Werkstattwand brachen und seltsam abgeknickt auseinander liefen. Mitunter enthauptet – nur Körper und Beine und Arme. Manche der Schatten schienen Augen und Ohren zu haben. Sie wurden länger und länger – und suchten die Ferne. Schließlich verließen sie die Fabrik. Heimlich, unbemerkt und unerlaubt – wie sie gekommen waren. Die Schatten huschten über den Schornstein des Kesselhauses ins Freie. Außerhalb von Werkstatt, Peitschenlampen und Kraftwerk. Oder aber sie verschwanden bereits in dem Moment, da sie sich ihrer selbst gewiss wurden. Verschwanden hinter Werkhalle und Verwaltung ins Dunkel.

Hinter einer Trennscheibe blickte ihm der alte Pförtner fest in die Augen, ein erster, dann ein zweiter prüfender Blick. Der Pförtner schaute auf die Uhr. Sechs Uhr neunundzwanzig. Mit einer leicht fahrigen Handbewegung griff er sich an die Stirn, schob die Scheibe vollends zurück und schüttelte verärgert den Kopf; wortlos notierte er den Namen und den Vornamen auf einer Liste und durchsuchte Arnos Tasche. Brotbüchse, Zahnbürste, Rasierpinsel, Seife und Messer, Federmappe, zuletzt das Notizheft. MOLESKINE mit schwarz gummiertem Verschlussband. Er beschaute und begutachtete die Sachen. Einzeln. Stück für Stück. Der Form halber, nicht wirklich gründlich. Schließlich blätterte er in den Aufzeichnungen, las sich fest, für einen Moment, gab dann aber alles zurück, mit gespielter Langeweile, Frost in den Augen.

Die Namensliste legte der Alte in seine Mappe zurück. Braune Mappe mit gestanztem Ährenkranz, Hammer und Sichel. Schwarz-rot-goldene Farbkordel als geheftetes Lesezeichen.

Arno war müde. Nicht eine Minute Ruhe war ihm während der Nachtschicht verblieben. Von der ersten Minute an hatte er gerackert und geschuftet, bis der Schweiß in Hose und Stiefeln stand. Jetzt war er draußen. Nacht und Kabelbrand lagen hinter ihm. Waren fast vergessen. Er setzte sich aufs Rad. Das schwarze NSU – Großmutters Rad aus Dargun. Ballonbereift, eigensinnig und unverwüstlich, mit Gesundheitslenker, Trommelklingel und Hebelbremse. Das Rad – wie ein Relikt aus einem verwunschenen Jahrhundert. Dem Jahrhundert seiner Kindheit. Dorfkind bleibt Dorfkind und Stadtkind ist Stadtkind. Die Pedalen quietschten, Rad- und Kugellager schnarrten. Tritt für Tritt, bei jeder Umdrehung. Nur langsam kam er voran.

Vor der Fabrik parkten die Autos wie immer. Die Straßen und Plätze flossen allmählich zusammen wie Schienen und Bahnen. Allmorgendlich – in stiller Übereinkunft. Er ließ das Stahlwerk hinter sich. Ein leises, dumpfes Grollen füllte die Stadt. Rhythmisch warf sie sich hin und her wie der Waggon einer alten Straßenbahn in der Kurve, auf ausgefahrenen Schienen zwischen Schotter, Schwellen, Beifuß und Löwenzahn. Die Luft schmeckte nach Öl und Graphit. Manchmal flogen lautes Geschrei, Musik und Gelächter über die Straße.

Geöffnete Fensterläden, verhaltene Radiomusik. Ein fremder Nachrichtensprecher – geschützt hinter vergilbten Blümchengardinen: »Hier ist RIAS Berlin. Eine freie Stimme der freien Welt«, »dam di da da da dam« ein Piano als Erkennungsmelodie, eine sonore Stimme, ein kurzes Knacken, Pause, dann Stille. Westradio, dachte Arno. Vor den Kellern aufgeworfene Briketthaufen; verstreute Katzen zwischen Kohle und Koks, Gabelfurche und Schaufel.

Draußen ringsum: Kirche, Kindergarten und Schlachthaus. Drinnen: eingepferchte Körper. Das Blöken der Tiere. Notschlachtung hinter geschlossenen Toren. Die Freibank. Mauerumsäumt. Weiße Kachelwände und blanke Böden. Dampfendes Licht. Kirchenglocken kündigen den nahenden Tag an. Das Stöhnen, das Keuchen. Das Klingeln der Bahn, schnarrendes Kratzen, entkoppelte Weichen. Die Glocken unterm Himmel. Ratternde Räder über blankem Eisen. Die Schreie der Tiere. Vereinzelt, kaum hörbar im Lärm der erwachenden Stadt. Polierte Schlachthaken: Chrom oder Edelstahl. Leises Röcheln. Dann Stille. Langsam versickernder Sud zwischen rostigen Gitterstäben und Gedärm. Unter einer Kruste aus Teer und Zement nistet sich ein Rest von Nacht ein. Glitschige Fettaugen glitzern zwischen Kopfstein und Fugen. Sie funkeln mit der Sonne. Die Sonne aber steht über dem Kraftwerk wie ein brennender Ballon. Gelb, in weißgraue Schwaden gehüllt, angetrieben von Heißluft und Gas.

Aus einem der Müllcontainer qualmte es. Ein beißender Dunst von Aschepartikeln und grauen Aschewölkchen kroch in Nase und Mund. Im Rachen schmeckte es nach Ammoniak und Schwefel. Schwelbrand, dachte Arno. Feuchte Braunkohlenschlacke, Karton, heiße Asche, feiner Kohlenstaub und Kunststoff.

Langsam fuhr er vom Bauhof in Richtung Prenzlauer Berg, vorbei an den Werkswohnungen der Stahlgießer. Vorbei an Wache, Klubhaus und Schule. Der Geruch von verbrannten Reifen lag plötzlich in der Luft. Gewaltige Rauchschwaden stiegen im fahlen Schein des ersten Tageslichts hinter der Schule auf. Die Rufe der Kinder fehlten an diesem Morgen wie das Schlagen der Haustüren, das Abprallen der Bälle von Wänden und Asphalt und das Klappern ihrer Fahrräder zwischen den Schlaglöchern. Hier und da waren Fußballtore auf die Straße gemalt. Abschlagplatz, Seitenlinien und Mittelfeld. Weiße, gelbe und rote Kreide.

Verwaist, leicht verblasst im ersten Licht des Morgens. Der Bürgersteig war schon das Aus.

Zur Durchführung einer wirksamen operativen Bearbeitung und Kontrolle des OV „Strippenzieher" in seinem Arbeits-, Wohn- und Freizeitbereich werden die Gewinnung und der Einsatz Inoffizieller Mitarbeiter (IM) aus dem Freundeskreis angeordnet. Darüber hinaus werden durch die Abteilung VIII (Überwachung) und die Abteilung 26 operativ-technische Maßnahmen geschaffen, um die OV-Person in seiner Umgebung rund um die Uhr unter operativer Kontrolle zu halten: Postkontrolle (Maßnahme „M"), Einbau von Abhörtechnik (Maßnahme „B"), verdeckte und offene Beobachtung, Aufklärung des Freundes- und Bekanntenkreises, Schrifterfassung im Schriftspeicher, Kontoüberprüfung, konspirative Wohnungs- und Arbeitsplatzdurchsuchung.

Die Passanten waren an diesem Morgen wie von den Straßen gefegt. Kein Mensch weit und breit. Ein Betriebsbus fuhr langsam an ihm vorüber. Ein IKARUS. Made in Hungaria. Gelb-rosa mit verchromtem Dachgepäckträger. Müde Gesichter, wippende Köpfe, schaukelnde Körper, schlaftrunken fielen sie übereinander. Die Frühschicht.

In der Kantine, ja, in der Kantine, dachte er, dort musste ihm jemand den Zettel zugesteckt haben – oder im Umkleideraum unmittelbar vor Schichtbeginn. Eine andere Möglichkeit gab es nicht.

Gestern

Wenn Großmutter ihm Bratkartoffeln mit Zwiebeln und Speck vorsetzte, dick überbacken mit drei bis vier Eiern, dann war Ferienzeit. Das Jahr hatte sein Ende gefunden – das war Anfang Juli. Und wenn er Dargun wieder verließ, Ende August, nahm das andere Jahr seinen Anfang. Jahr für Jahr. Alles hatte sein Regelwerk, in seiner Zeit, an seinem Ort. Im Kloster die Regula Benedicti. Bei Großmutter die Haus- und die Stallordnung und daheim Mutters Hand und Vaters Wort.

Vor Arnos Augen schwirrten Bilder. Er sah sich in der Bäckerei stehen: die im Holzrahmen gefasste Glastür mit Schließverzögerung, Kette und Glöckchen, der winzige Verkaufsraum, Tresen und Trennscheibe mit Facettenschliff, zwei Schaufenster mit weißen Podesten und eingefügten Seitenfächern, papierserviettenumspannt. Ausgestanzte Röschen mit Biedermeierschleifen – alles seltsam vertraut. Er hört das Glöckchen im Laden allmählich verstummen. Mittagszeit.

Er sieht den Vater, kräftig und übermannsgroß, der während der Pausen grummelnd am Küchentisch sitzt, im weißgerippten Achselhemd, Arme und Gesicht mehlverschmiert, dampfender Kaffee, türkisch gebrüht, *damit's schneller geht.* Die Finger – nikotingelb, dazwischen: die KARO. Rund ohne Filter, zwanzig Zigaretten. Einheitlicher Verkaufspreis EVP 1,60 Mark. KARO – der Lungentorpedo. *Nichts für kleine Jungs, nur für harte Kerle.* Vaters Husten, leicht kratzend, dann ein kurzes Lachen. Halbunterdrückt. Drei Uhr morgens beginnt der Tag. *Mittags ist die Krähe schon tot.* Übermüdete Augen, starr auf den TROLL gerichtet, Kreuzworträtsel: westafrikanische Hauptstadt mit fünf Buchstaben? *In zehn Minuten müssen die Kuchen raus.* Im Frühjahr Eierschecke und Quarktaschen; Erdbeertorte und Kirschschnitte für den Sommer; im Herbst Zwetschgen- und Kartoffelkuchen; Mohnzopf und Christstollen für den Winter. Alles hat eine Ordnung.

Manchmal, bei schönem Wetter, am Sonntagnachmittag, mit Vater und Bruder in die Badeanstalt, der Sprung vom Fünfmeterbrett, zwanzig Bahnen, ohne anzuhalten, *das kann doch wohl jeder.* Verschwiemelte Blicke zwischen den Geschwistern. Nicht das schon wieder. Bitte. Nicht heute.

Ein anderes Mal »Name, Stadt, Land«. Zu Haus am Küchentisch – wenn es regnete. Das Alphabet rauf und runter. Von A bis Z in drei Sekunden. Wer ist der Erste? Wer wird der Sieger? Der Bruder trickst und der Vater sieht es und lässt es ihm durchgehen. Immer die gleichen Städtenamen der Republik, dieselben Länder des Ostblocks und die Flüsse zwischen Oder und Neiße.

Wieder ein anderes Mal ins Kino: »Die Glatzkopfbande« von Richard Groschopp – oder mit dem Fahrrad gemeinsam zum Stadtwald. Das waren Vaters seltene Glücksmomente. Seine Art von Nähe – mit seinen Buben. Seine stereotypen Fragen, seine immergleichen Antworten, ignorant und stets etwas selbstgefällig: Wie heißt die weibliche Form vom Wildschwein? *Bache. Ganz richtig, das kann ich gelten lassen.* Bestimme mir diesen und jenen Baum! *Ahorn – Birke. Prima, gut aufgepasst, mein Junge. Das hast du fein gemacht. Da kann sich dein Bruder aber eine Scheibe ab-*

schneiden. Wie nennt man die Früchte der Rotbuche? Vorsicht, darauf musst du achten. Lass dich hier nicht täuschen ...

In seinen Kindheitserinnerungen fand er kein Lob der Mutter, vergeblich suchte er danach. Einzig – wenn er *nicht störte*, wenn er *aus ihren Augen verschwand, außer Reichweite* war oder wenn er sich *irgendwo nützlich machte*: in der *Backstube* – beim Glasieren der Kuchen, beim Eieraufschlagen oder an der Marmeladenspritzmaschine. *Kannst du nicht aufpassen! Nicht kleckern, und nicht zu viel! Keine zwei Füllungen, hab ich gesagt! Das wirst du doch kapieren!* Im *Laden* – wenn er mit dem scharfen Sägemesser Papierbögen zuschnitt, zum Einpacken von Brot und Kuchen, oder wenn er am Abend die Tageseinnahmen zur Bank trug. Im rotgrün karierten Campingbeutel, auf dem Kinderrücken, sieben Kilometer zu Fuß, 500 MdN, die Mark der deutschen Notenbank. *Zum Deutschen Haus* – der alten Sparkasse. Der Mann und die Frau hinterm Schalter kannten ihn. Gelegentlich ein Bonbon. Wenn er zu spät war – ein leichter Klaps auf den Hinterkopf, und an anderen Tagen ein Stück STOLLWERCK-Schokolade für den Rückweg zum Laden. Zweimal dreieinhalb Kilometer, hin und zurück, da war er mehr als zwei Stunden *fort*, war er ihr *aus den Fingern*, war *weg*, war *nicht im Wege gestanden*, hatte sich unsichtbar gemacht.

Seine Gedanken fanden kein Gesicht der Mutter. Er erinnerte sich nur an ihre Stimme. Sie hatte einen Klang, der ganz durch ihn hindurch drang. Einen Klang, der nachwirkte. Noch Stunden später – tief in die Stille.

Wenn er ihre Stimme hörte, in seinen Kindererinnerungen, dann wusste er, dass nur mit größter Vorsicht in ihrer Gegenwart gelacht oder geweint werden durfte. Kinderlärm reizte sie. Am Küchentisch herrschte verbissenes Schweigen, wenn Vater während der Mahlzeiten wieder einmal in der Backstube geblieben und nicht zum Essen erschienen war. Sie waren dann ohne jeden

Schutz. Die Augen schwammen durchs Licht der Glühbirne, und die Angst wurde nicht müde. So saßen sie beieinander und fügten sich. Die Münder fest verschlossen. Gesprochen wurde einzig, wenn Antwort gegeben werden sollte, wenn Mutter Fragen stellte. Kurze Fragen, knappe Antworten. Zur Schule, den Hausaufgaben, der Heftordnung, dem Restgeld für die Essensmarken oder dem letzten Besuch in der Sparkasse. Keiner wusste genau, wann und weshalb etwas störte. Um Mutter nicht zu reizen, gab es Regeln. Regeln, die weder der Vater noch der Bruder zu kennen schienen. Und Arno kannte sie ebenso wenig. Manchmal glaubte er, ein oder zwei der Regeln gefunden zu haben, dann war er für die Stunde glücklich. Später aber schien es, als hätten sich die Regeln wieder verwandelt, wären verformt oder einfach zu Staub zerfallen, als gäbe es wieder neue, andere Regeln, die ihm ebenso verschlossen blieben wie die alten Regeln.

Er erinnerte sich auch, dass Mutter während der Ferien einmal in Großmutters Stube gesagt hatte, dass er der Einzige gewesen sei, *der hängen geblieben war. Der fest klebte wie Kleister.* Mit aller Kraft habe er sich an sie *geklammert*, hatte sie beim Abendbrot in die erstaunte Runde hinein gesagt. Kurz und sachlich, mit fester Stimme. Etwas kühl, nicht wirklich erregt, während sie für den Bruder und für ihn Leberwurstbrote vorbereitete. Siebenmal habe sie abgetrieben, vor ihm, nur er, *er sei stecken geblieben.*

Großmutter konnte über solche Sätze nur lachen, sie machte einen Witz darauf; zog es ins Lächerliche, ohne jemanden dabei zu kränken, dann war es erledigt – für sie. Großmutter hatte viel Wasser die Peene herabfließen sehen. War mehrfach verheiratet gewesen, hatte mitunter einige Männer zur selben Zeit – und gelegentlich Liebesaffären dazwischen. In verschiedenen Dörfern. Hier und dort. Allüberall ringsum, hieß es im Dorf. Und die Eltern sagten es ebenso. Als junge Frau lebte Großmutter auf, wenn der Zirkus, die Schausteller oder die Zigeuner ins Dorf kamen. Jedes Jahr hatte sie darauf gewartet. Das war die große weite Welt. Winkend lief sie den Planwagen mit den bunten Gondeln und Schaukeln oder den angebundenen Ziegen und Ponys nach. Dann blieb sie manchmal für Tage verschwunden. Zwar gab es Gerede, aber das störte nicht wirklich. Der Krieg, nuschelte sie paffend mit einer Zigarre im Mund, wenn sie von ihren frühen Eroberungen erzählte, ja, der Krieg und die Leut' … der hat alles verändert. Sie kannte die Makel und die Schwächen der Menschen in ihrer Gegend, in den winzigen Städtchen und in den kleinen Dörfern. Und zu allem und allen wusste sie eine Geschichte zu erzählen. Geschichten, die manchmal passten und manchmal auch nicht. Großmutters Geschichten gehörten zur Landschaft wie die Findlinge, die Menschen und ihr Vieh.

Heute

Als Arno ins Viertel kam, fielen ihm die Blicke der Nachbarn auf. Kopflose Schüler huschten um die Ecken. Schwer bepackte kleine Gestalten mit kantigen Bewegungen. Geschulterte Tornister und Schulranzen, rechteckig, manchmal quadratisch.

Der Mann vom Gemüseladen hatte seine Augen zu Boden gesenkt, während er die Holzstiegen für die Auslagen putzte. Grußlos begegneten sich beide vorm Laden, so als würden sie einander nicht kennen. Der Postbote, der Rilke und Hölderlin zu rezitieren wusste und der ansonsten keine Gelegenheit ausließ, seine Belesenheit unter Beweis zu stellen, war ebenfalls wortlos an ihm vorbeigeradelt – die Augen aufs Lenkrad fixiert. Vergeblich versuchte er zu begreifen, was geschehen war an diesem Morgen, mit ihm und den Menschen, in seiner Stadt. Eine Art Notwehr, möglicherweise auch Selbstschutz. Fremde Nähe oder verstockter Rückzug, dachte Arno. Als schließlich ein Nachbar rücklings im Hausflur verschwand, die Tür hastig zuschlagend, ahnte er, dass sie etwas gehört haben mussten ..., dass sie wussten ..., dass ihnen berichtet worden war...

Er bog in seine Straße ein.

Arno war angekommen: Gründerzeitviertel, roter und gelber

Ziegelbau mit ungezählten Innenhöfen. Sechs Stockwerke mit achtzehn bis zwanzig Wohnungen. Erstes und zweites Hinterhaus. Manchmal ein drittes. Der Krieg hatte hier nichts verschont. Versengte Dächer mit eingesunkenen Schornsteinen; Ofenheizung, kein Bad, kein WC. Verwitterte Fenster und Türen. Splitterndes Holz in der Rahmung. Als Wohnraum getarnte Ruinen, die in ihrem eigenen Schutt zu versinken drohten. Hausnummer sechsunddreißig B.

Sieben Uhr vierzig. Vor dem Haus – kein Auto. Er schob das Rad über die Höfe.

Im ersten Hinterhaus – fragend scheue Blicke hinter winzigen Scheibengardinen. Fest verriegelte Fensterkreuze. Offene Hausflure, Wohnungstüren, die laut ins Schloss fielen. Unsichtbare Nachbarn. Wahrscheinlich atmeten sie auf, wenn er fremd vorüberging, dachte Arno. Erleichtert darüber, nicht mit ihm zusammen gesehen worden zu sein. Lohnte es, ihn zu kennen? Das Wort an ihn zu richten und dafür Ungewisses auf sich zu laden? Alles konnte passieren. Alles war möglich. Und was war von ihm zu erwarten? Ärger. Nichts als Ärger. Zweimal war er in diesem Jahr bereits *aufgegriffen* und *zugeführt* worden. Einmal direkt vor dem Haus, auf offener Straße, und ein anderes Mal in der Bibliothek – gegenüber von Schule und Dampfbäckerei. Das hatten alle gesehen. Das war herumerzählt worden. Jeder im Viertel wusste davon.

Arno betrat den zweiten Flur und lief über den Hof ins Hinterhaus. Aufgeworfene Schuttberge aus Ziegelscherben, Kacheln, Ofenrohr, Schamottstein und Mörtel. Gesplittert, verbeult und zerborsten. Das Haus – gelber Klinkerbau mit ausgetretener Treppe. Bröckelnde Anfahrrampe für Dienstboten und Lieferanten; ausgespülter Sandstein, geschützt von Geländer und Handlauf. Das Tor – drei Flügel eingehängt in wuchtigen Scharnieren. Schmiedeeiserne Klinke mit Löwenkopf, darüber – bleiverglaste Fenster: blau, gelb und rot. Das Oberlicht mit Facettenschliff. Ein entkerntes Werkstattgebäude. Nach dem Krieg umgebaut für drei Wohnungen – mit Fahrradverschlag und Waschküche im Keller. Eingedrückte Klingelknöpfe an der Hauswand. Rußüberzogen. Pflaster ersetzen die Namensschilder. Leicht verwittert und leicht verblasst. Zwischen dem Mörtel keimten rote und schwarze Leitungen aus der Wand. Ragten ins Nirgendwo. Ein Gewirr von Zetteln und Bändern gab Auskunft über Mieter und Untermieter.

Arnos Wohnung lag im Erdgeschoss. Dreiunddreißig Quadratmeter, zwei Zimmer, Küche mit Speisekammer, ein schmaler Zugang, die Toilette im Hausflur, die halbe Treppe nach oben.

Leise öffnete er die Tür zur Wohnung. Der Fußabstreifer war verschoben.

Mittels offensiver Maßnahmen von Disziplinierungsgesprächen und Vorladungen zu staatlichen Stellen wurde vorbeugend auf den OV „Strippenzieher" eingewirkt. Seine Feindtätigkeit konnte über einen längeren Zeitraum verhindert werden. Dabei besteht eine Zielsetzung des OV darin, die Person völlig vom Freundes-, Kollegen- und Familienkreis zu isolieren und ihn beständig in Unruhe zu halten. Angestrebt ist, daß ein Grad der Verunsicherung erreicht wird, der dazu führt, daß die Zielperson dem Gefühl unterliegt, sein Leben nicht mehr unter Kontrolle zu haben. Darüber hinaus sind durch Vorladungen (mindestens drei- bis fünfmal pro Woche) Reaktionen der Vorgangsperson auf unsere Maßnahmen zu provozieren, die von uns zu strafrechtlichen Konsequenzen gegen ihn genutzt werden können.

Gestern

Einmal, vor dem Abendessen während einer der Sommerferien, begann Großmutter, Geschichten aus der Region zu erzählen. Sie sprach zu Arno vom zerbrochenen Krummstab, dem Abt Johann Billerbeck, der vor Jahrhunderten sein Gelübde gebrochen und es mit einer dem Kloster anvertrauten Jungfrau getrieben habe. Leidenschaftlich, wild und heftig, beständig und immer und immer wieder. Wie er sie schwängerte und sie ihm ein Kind gebar. Über sein Verstummen und den Verrat an dem Mädchen, das in Doberan später als Hexe verurteilt und das er als Abt zum Scheiterhaufen begleitet habe, unerkannt als Vater, unerklärt dem Kinde, unentdeckt für die Mönche.

Erzählte von dem geheimen Gang, der unterirdisch das Nonnenkloster der Benediktiner mit dem Kloster der Zisterziensermönche verbunden habe. Vom fernern Verchen bis hinein nach Dargun sei der Tunnel in den Boden getrieben worden. Kilometerweit. Mönche und Nonnen seien ihrer Wollust nachgegangen, Nacht für Nacht – wie im Zwang, wie im Rausch, über Monate und Jahre hinweg. Sie ließ Arno wissen, dass die Schreie ihrer Lust und das Stöhnen ihres Verlangens noch heute an späten Sommertagen im feuchten Nebel des Klostersees zu hören seien.

Sie hatte Kenntnis davon, dass in jener Zeit so manches Neugeborene ausgesetzt worden sei oder in einem der Grabgewölbe unterhalb der Schlosskirche St. Marien seinen ewigen Frieden gefunden habe.

Und sie wusste auch von einem Priester der Zisterzienser, der vor Hunderten von Jahren im Suff oder Streit den Bruder der Klosterjungfrau Gese von Zepelin erschlagen habe. Mit gesenkter Stimme sprach sie vom Mantel des Schweigens und von der Ablösesumme, die der Abt von Dargun fortan an die Nonne zahlte. Nach Ivenack, ins Kloster, jährlich die gleiche Summe. Bis an ihr Lebensende.

Die Leute in der Gegend sind freundlich im Grunde, erklärte Großmutter alsdann, bevor sie wieder einen kräftigen Zug von ihrem Zigarrenstumpen nahm. Aber sie sind, wie sie sind. Es gibt keine andern. Der Krieg ..., weißt du, mein Junge ..., der Krieg und die Leut'. Da geht nichts zusammen. Sie sind ein bisschen verhalten, wortkarg manchmal, aber zufrieden im Grunde, egal wie das Wetter ist oder wird. Glaub' mir, mein Junge. Sie sind, wie sie sind. So sind sie eben. Nur die Liebe hält sie zusammen. Ein Leben lang.

Nach der dritten Geschichte bekam Arno sein Essen auf den Tisch gestellt: Einbrocksch, Brotsuppe mit heißer Milch oder Kakao, winzigen Weißbrotwürfeln und Zucker. Manchmal – einen Teller dicken Haferschleim mit einer ganzen Dose Kondensmilch zum Süßen.

Heute

Im Arbeitszimmer stand Arno für einen kurzen Moment wie erstarrt. HAUSSUCHUNG – HEUTE. Das Zimmer war ebenso unaufgeräumt wie Küche und Schlafraum. Heruntergelassene Rollläden. Ein überquellender Aktenschrank, vollgestopfte Bücherregale, ein Gründerzeitschreibtisch mit Messingschirmlampe, ein lederner Polstersessel, vergilbte Landkarten und Zeitungsartikel an den Wänden. Fahles Tageslicht sickerte über einen Fensterschlitz zwischen Jalousie und Vorhang herein. Arnos Blick heftete sich auf Schreibtisch und Regale. Fünfzehn Minuten vor acht. Sie würden nicht kommen. Warum auch? Es gab nichts zu finden. Immer wieder hatte er die absurdesten Gerüchte gehört. Von jedermann andere Berichte. Halbwahrheiten, zum Teil freie Erfindungen: von gewalttätigen Polizisten und verschlagenen Vernehmern, die sich in verlassenen Wohnungen eingenistet hätten. In Nachbarhäusern oder auf umgebauten Wäscheböden. Die sich in dunklen Waschkellern eingemauert oder in verstaubten Schuppen verbarrikadiert haben sollten. Finstere Geschichten von finsteren Gestalten.

Vor morgen früh war nicht mit ihnen zu rechnen, dachte Arno, wenn überhaupt. Dass die Männer stets in den Morgenstunden kämen, war ihm von verschiedenen Seiten versichert worden. Zwischen sechs und neun Uhr.

In der Küche nahm er Holz, Papier und Streichhölzer. Zuerst die Zeitung, die Seiten einzeln zerlegt und zerknüllt, schließlich einige Holzscheite und zum Schluss die Briketts, eins nach dem anderen. Dann zündete er den Ofen an. Schwarz gekreuztes »R«, springender Feuersalamander auf rotem Grund – Sicherheitszündwaren RIESA stand auf der Schachtel. Leicht eingedrückt und verbeult lag sie in seiner Hand.

Er setzte Wasser auf und bereitete Tee. Drei Minuten, anregend, nicht zu stark, grüner Sencha mit vollem Blatt. 100 Gramm – ein Geschenk aus Hamburg. »Um Frohsinn in den Tag zu tanken«, hatte der Freund gesagt, als er im TRANSIT Bücher, Obst und Tee übergab. Und Arno hatte gelacht.

Er ging zurück ins Arbeitszimmer und begann, die Regale zu sichten. Sorgfältig, systematisch – jede einzelne Reihe. Mit den Fingern berührte er die Buchrücken, Buch für Buch, manchmal – ein Handgriff dazwischen, ein Band nach vorn, ein anderer etwas nach hinten. Die Fingerspitzen buchstabierten die Namen: Achmatowa, Aitmatow, Bachmann, Böll, Bunin, Dinescu, Druskin, Freud, Frisch, Jewtuschenko, Koestler, Kohout, Kopelew, Kundera, Kunze, Mandelstam, Orwell, Pasternak, Samjatin, Sartre, Schalamow, Skácel, Solschenizyn, Tendrjakow, Zwetajewa. Die ganze Renegatenliteratur, dachte Arno, alles was keine Heimat gefunden hat. Jahre hatte es gedauert, die Bücher zusammenzutragen. Ungezählte Besuche bei befreundeten Buchhändlerinnen: Blumen zum Geburtstag, NESCAFÉ zu Ostern, LINDT oder SAROTTI zur Weihnacht. Hinzu kamen die Besuche in Budapest, Prag und Warschau. Die deutschsprachigen Abteilungen der staatlichen Buchhandlungen mit Lizenzausgaben von SUHRKAMP, FISCHER und ROWOHLT. Als er noch reisen durfte, war er bis zu dreimal im Jahr nach Ungarn gefahren, um solche Bücher zu suchen. Für drei, vier Tage nur. Mit Schwarzgeld – zum freien Umtausch von FORINT, KRONEN und ZLOTY. Bestückt mit Bestelllisten von Freunden und guten Nachbarn. Getrampt oder mit der Bahn.

Für die weitere Bearbeitung der Zielperson des OV „Strippenzieher" wurde die Hauptverwaltung Aufklärung (HVA) hinzugezogen. Grund hierfür ist die Beziehung der OV-Person zur Tochter des französischen Militärattachés Mourice F., Marie-Sophie F., die im Operationsgebiet an der FU Westberlin studiert. Sie unterliegt dem diplomatischen Schutz ihres Vaters und ist hierdurch berechtigt, täglich ungehindert den Checkpoint C. zu überqueren. Inoffiziell konnte erarbeitet werden, daß zwischen ihr und der Vorgangsperson regelmäßige Treffen stattfinden. Beide verkehren auch intim miteinander. Welche Ziele und Absichten hinter der Beziehung stehen und was der Grund für die Kontaktaufnahme ist, konnte bislang nicht ermittelt werden.

Gestern

Als Kind war Großmutter mit Zigeunern aufgewachsen. Lange Zeit – irgendwo im Osten. In Pommern oder Westpreußen hatten sie sie aufgelesen. Bei Königsgnade, so hieß es, als Findelkind. Großmutters leiblicher Vater war in dieser durch und durch katholischen Gegend kein Unbekannter geblieben. Als Forstarbeiter hatte er sich auf verschiedenen Gütern zwischen Martz- und Lubsdorf mehr schlecht als recht durchgeschlagen und manche Magd oder Bauerntochter mit einem Kind zurückgelassen, was jedermann ahnte, aber nicht jedermann wusste. Niemand sah ihn gern auf seinem Hof. Im Monat der Niederkunft von Großmutters Mutter verschwand er und blieb fortan wie vom Erdboden verschluckt. Das Paar war nicht füreinander gemacht und die junge Liebe vor Gott nicht beschlossen. Großmutters Mutter, noch geschwächt und gedemütigt von der Schande, hatte damals, wenige Stunden nach der Geburt, *nur für einen Moment*, den schlafenden Säugling einer der fremden Frauen mit ihren übereinander gerafften Röcken in die Arme gelegt. Bunte Röcke, in allen Lebensfarben. Regenbogenumhüllt. Großmutters Mutter hatte sich als junge Wöchnerin mehr schlecht als recht zum Stellplatz der Planwagen geschleppt, der vom Dorfschulzen und vom Marzdorfer Pfarrer Krefit den Zigeunern einmal pro Jahr am Rande von Königsgnade zugewiesen worden war. Dort wählte sie eine von der Natur mit üppigen Hüften und melonenhaften Brüsten beschenkte kräftige Zigeunerin aus, die sowohl ihren Po als auch ihren Oberkörper verhalten im Rhythmus verborgener Melodien hin und her wiegte und die Blicke der umstehenden Männer wissentlich auf sich zog. Lebensbejahende Bewegungen, die um ihren Nabel und ihren Busen kreisten. An ihrer Seite balgten sich mehrere rotznasige Kinder, die kreischend lachten und schrien, während die größeren mit Deckeln von Emailletöpfen scheppernd lärmten. Großmutters Mutter erzählte der Fremden irgendeine Geschichte und vertraute ihr, nicht ohne zuvor ein paar Münzen unter ihrer Schürze locker gemacht zu haben, das schwächelnde Mädchen mit der Bitte an, sich um dieses, lediglich für eine Spanne Zeit von ein paar Stunden, zu kümmern. Urgroßmutter kehrte nicht zurück. Sie blieb verschwunden wie der Vater des Kindes auch. Irgendwann zogen die Zigeuner in ihren polternden Packwagen weiter, beschenkt mit einem neuen Mitglied ihrer Familie. Nach dem Ort ihrer Herkunft nannten sie Großmutter Prinzessin Königsgnade.

Heute

Durch Postkontrolle Maßnahme „M" beim OV „Strippenzieher" wurde der Besuch des aus dem Operationsgebiet stammenden Heiner S. (OPK „Morgenland") für den 09. bis 12. Dezember 1974 bekannt. Der aus Hamburg stammende S., der rechtswidrig 1961 die DDR verließ, beabsichtigte, im Interhotel an der F.-Straße 150 zu übernachten und sich in dieser Zeit mehrfach mit der Vorgangsperson zu treffen. Zum Zwecke der Verhinderung staatsfeindlicher Nachrichtentätigkeit über den Fremdkunder erfolgte die Bestätigung der Maßnmahme „B" durch den Stellvertreter Operativ. Der S. wurde über einen IMK für den entsprechenden Zeitraum im Zimmer 229 eingemietet. Im direkten Nebenzimmer Nummer 230 befand sich der Stützpunkt unserer Einsatzgruppe. Insgesamt konnten drei Treffs zwischen „Strippenzieher" und „Morgenland" am 10., 11. und 12. Dezember registriert werden. Die Aufzeichnungen der Gespräche waren jedoch durchweg von lauter Rock-Musik eines von S. mitgeführten Kassettenkofferradios beeinträchtigt. Insgesamt muß eingeschätzt werden, daß direkte Hinweise auf Straftaten nicht belegt werden konnten.

Arno überlegte, was gefährlich werden könnte. Er nahm einige Bände aus dem Regal, stapelte sie in Kartons, stellte sie dann aber wieder zurück, ohne darin geblättert zu haben. Schließlich fiel sein Blick auf die Tagebücher. Schwarzer Leineneinband, Fadenheftung, hundert Seiten pro Band. Siebzehn Bände. Fast sechs Jahre waren hier dokumentiert, Orte und Namen benannt. Erfolge und Misserfolge notiert. Unverschlüsselt – das Protokoll seiner Träume und Wünsche, der geheime Report seiner Phantasien. Alles war hier festgehalten.

Wahllos begann er zu lesen:

Freitag, 4. Oktober 1974

Mit dem Rad zur Arbeit. Auf dem Weg war es eisig. Im Radio sagten sie, »für die Jahreszeit zu kalt«. Was immer das heißen mag. Bin umgesetzt worden. Arbeite seit dreieinhalb Wochen in der E-Werkstatt im alten Kesselhaus. Es geht einigermaßen. Nur die von der Verwaltung kommen fast täglich. Ich lasse sie reden. Mache das Meine. Erkläre nicht viel. Über Tag freue ich mich auf Pius und die Arbeit bei ihm. Gestern waren fast hundert Leute bei der Lesung. Von überall her kamen sie gereist. Ich habe Rostocker, Berliner und Leipziger darunter gesehen. Pius hielt eine Ansprache im Gemeindesaal, dass der Abend mit R. nicht genehmigt worden sei und eigentlich abgesagt werden müsse. 300 Mark Ordnungsstrafe seien zu erwarten. Vom hohen Rat angedroht. Die Lesung fand dennoch statt. Welch Glück! Mehr als zwei Stunden lauschten die Leute – und keiner wollte gehen. Sie saßen und saßen. Durch die Kollekte kamen über 500 Mark zusammen. Zwei

Hunderter-Scheine waren auch darunter. Schade, dass Marie nicht hier sein konnte. Das hätte ihr gefallen. Wieder ist sie bei den Großeltern in der Provence, um Farben zu sammeln.

Montag, 7. Oktober 1974 (Nationalfeiertag ...!)

Das Wochenende hatte ich frei. Jeden Tag ein Brief für Marie. War viel spazieren. Gelesen und geschrieben. Geschrieben und gelesen. Keine Besuche – keine Störung. Heute – am »Feiertag« – stehn »die Mauern sprachlos und kalt / im Winde klirren die Fahnen«. Hölderlin, wenn du wüsstest.

Bin schon am frühen Morgen am Kesselhaus erwartet worden. Sicherheitsbelehrung in der Fabrik. Drei Leute waren da. Einer in Uniform, zwei in Zivil. Disziplinargespräch. Vorgetragene Paragraphen, Protokoll, Unterschrift. Keine provokativen Handlungen, hieß es. Verstehe jetzt erst, warum kein anderer aus der Schicht eingeteilt war. Hier haben sie mich unter Kontrolle, wenn sie marschieren, saufen und singen, wenn sie ihre Fahnen schwingen. Fuhr mit dem Rad in der Früh an ihrer schmucken Tribüne vorbei. Ich erschrecke immer wieder vor diesen verödeten Plätzen. Den bröckelnden Fassaden. Notdürftig mit Farbe kaschiert, mit Plakaten und rotem Tuch überdeckt. Die ersten Freiwilligen standen in Klumpen beieinander, wartend und frierend, mit auf dem Boden abgelegten Losungen und Transparenten. Wartend, dass es losgehen möge, dass das Signal käme und ihnen erlaubt würde, Bewegung zu simulieren. Und mittags werden sie wieder eingesammelt, halbtrunken oder sternhagelvoll. Freibier und Freiwurst. Bis zum nächsten Jahr. Ein Sich-Drehen und Winden. Ein ewiger Kreislauf.

In der Kantine – scheußliches Mittagessen. Reis mit Entenklein. Süßsauer – halbverdorben. Kam erst spät aus dem Stahlwerk. Der Abend blieb leer. Ging nicht vor die Tür; ich hatte nichts eingekauft. Mir war nicht danach.

Dienstag, 15. Oktober 1974

Sonntag war der erste schöne Tag seit langer Zeit. Der abnehmende Mond hat klare Luft und etwas mehr Frische in die Stadt gebracht. Der Dunst schwindet, und der Sternhimmel verspricht ein paar schöne Tage. Seit dem Wochenende ist es freundlich. Die Woche hat gut begonnen: Montag – ein Brief und eine Karte von Marie. Die Postkarte mit Palmen und Meer und bunten Booten. Marie begleitet ihren Vater nach Westafrika. Für fast zehn Tage wird sie in der Fremde bleiben.

mon amour,
bin mit papa im sénégal. er muss hier für eine woche bleiben. seine dienst – seine arbeit. ich übernachte in ziguinchor in die wunderschöne hotel kadiandoumagne – direkt an die fluss casamance. ein paar pirogen ziehen an mir vorüber – alles ist so still. ab und an – weiße pelikane an dem ufer. es dämmert und ich sitze auf meine balcon und schau in die wasser. ich denke an dich. die erinnerungen tanzen in mein kopf. du bist so weit weg. sag mir, siehst du die selbe mond wie ich? diese licht ins dunkel? das leben trennt uns – aber du bist trotzdem in mir, du pochst in mir wie die klang der djembé im mangrovenwald von oussouye. vielleicht würdest du mich folgen wo ich gehe – mit meine ängste, meine brüche, wenn ich meine weg nicht mehr finde. wenn ich mich verliere. du bist wie meine hand, meine schulter. nur wenn du da bist, bin ich heiter – komm bald.
je t'aime – mon amour
Marie

Montag, 11. November 1974

Die Tage werden immer kürzer. Von der Kraft der Sonne – wie noch im Oktober – ist nichts mehr zu spüren. Das Thermometer erreicht bei klarem Wetter bereits minus zehn Grad. Die Zeitung meldet »Erfolge im Kampf gegen Frost und Kälte«. Schulterklopfende Kommentare der Werktätigen an die Genossen der Partei. Dabei sind es nur Eis und Schnee. Kein Feind in Sicht.

Habe den ganzen Tag frei. Zu Mittag wärmte ich mir die Rouladen vom Wochenende auf. Es bleibt ein kleiner Rest für morgen. Ansonsten lese und schreibe ich. Mehr als zehn Briefe sind zu beantworten. Stefan schrieb dieser Tage von den Neuzugängen in seiner Einheit. Die ersten zwei Wochen der Grundausbildung. Sechs werden es bis zur Vereidigung in der Kaserne. Dann folgt der übliche Drill. Drei Rekruten seien bereits eingeknickt; nervlich angeschlagen, physisch am Ende. Abkommandiert zum Med-Punkt, schreibt Stefan. Dabei ist das erst der Anfang. Das Ziel des Experiments: sie zu zerbrechen, um sie willenlos wieder zusammenzufügen. Den neuen Menschen. Für die neue Zeit. Bin wieder an meinen Bruder erinnert. Wir waren nicht wie Pech und Schwefel, und wir haben uns mitunter erbittert geprügelt – und dennoch verbinden mich viele Kindheitserinnerungen mit ihm. Eine Nähe besonderer Art. Prora hieß seine Hölle auf Erden. Die Unteroffiziersschule auf Rügen. Seine Unbeschwertheit, an die ich mich manchmal dunkel erinnere, wenn er Porgy and Bess im Theater spielte, wenn er im städtischen Springbrunnen Schabernack mit der Polizei trieb, seine Leichtigkeit war danach verschwunden. Weiß nicht, was in Prora geschah.

In der Nacht wirre Träume. War wieder zur Armee einberufen und der Willkür anderer ausgeliefert. Schlug wild um mich. Im Halbschlaf hin und her gewälzt. Wachte immer wieder auf – bis es vorbei war.

Donnerstag, 21. November 1974

Seit fünf Tagen keine Post. Nicht von Marie und auch nicht von Pius. Ich lebe in der Hoffnung, ihnen ist nichts geschehen. Pius müsste auf dem Konvent in Prag und Marie längst wieder in Kreuzberg sein. Auch Stefan ist nicht zu erreichen. Mehrmals bin ich zum Telefonieren gegangen, ohne dass einer abgenommen hätte. Schon die Suche nach Telefonzellen gestaltet sich schwierig. Manche kaputt, andere zu nah am Haus. Und immer die Angst, gesehen zu werden, belauscht zu sein. Häufig fahre ich mit dem Rad Dutzende Straßen weiter, um ungestört telefonieren zu können.

Von den Leuten aus Jena habe ich gehört, dass ihr Arbeitskreis in Gefahr sei. Während des Poetikseminars in Schwerin sind sie geschlossen abgereist. Für jedermann sichtbar. Einer von ihnen war ausgeschlossen worden. Wegen eines einzigen Gedichts von der Bühne gezerrt. Aussprachen über Aussprachen. »Konterrevolutionäre Aktivitäten« werden ihnen jetzt vorgeworfen. Die meisten sind inzwischen bei Kirchens untergekrochen. Zwei oder drei sollen Jena verlassen haben, heißt es. Welch eine Schande, welch ein Unsinn. Seit Schwerin drehen hier alle durch. Die NDL *hat mir Texte zurückgeschickt. Kein Bedarf, haben sie geschrieben, dabei hatten sie fest zugesagt.*

Gestern

Großmutters Kindheit und Jugend wiesen in eine andere Zukunft als die, die jedermann damals in Königsgnade für gegeben hielt. Sie lernte zwar weder richtig schreiben noch lesen, dafür aber flechten, schmelzen und wahrsagen. Sie verstand es, mit Hunden und Pferden zu reden, Warzen und Haarausfall zu besprechen, aus der Hand die Zukunft zu lesen, und sie konnte bei Menschen Krankheiten heilen, die kein studierter Arzt zu erkennen vermochte: Herztränenfluss, Kopfwindsausen oder Hoffnungsschwund. Schon lange vor dem Weltkrieg war Großmutter in Dargun gestrandet. Nach und nach war sie eine geachtete Person im Dorf geworden. Eine feste Instanz. Sie wurde wie ein Dorfschulze oder ein Pfarrer angesehen. Nur anders. Etwas anders eben. Die Menschen mieden sie, obwohl sie sie des Nachts heimlich aufsuchten. Sie wechselten tagsüber die Straßenseite und wichen ihr aus in der Dämmerung, wenn andere Passanten in der Nähe waren. Grußlos, verschämt und mit gesenktem Blick verschwanden sie in ihren Häusern. Kaum aber wurde es Nacht, klopften sie sachte an Großmutters Küchenfenster, nachdem sie hinter den Stallungen durchs Gatter über den Hof geschlichen waren, unbemerkt für Nachbarsaugen. Großmutters Besucher waren Frauen. Fast ausschließlich Frauen. Alte und junge, dicke und dünne, große und kleine, hübsche und weniger hübsche Frauen, die von Natur reichlich, zu reichlich oder weniger reichlich als andere Frauen beschenkt worden waren. Selten verirrte sich ein Mann zu ihr. Und alle, die kamen, wollten einen Blick in die Zukunft. Wollten verstehen, was an Zeichen nicht verstanden worden war, und suchten das Fenster ins Morgen zu finden. Die Abende verliefen stets gleich. Kaum war es richtig dunkel geworden, zog Großmutter Gardinen und Vorhänge zu, holte die Karten hervor, zündete Kerzen und Dufthölzer an und streute feinen Sand in eine Schale. Purpurn schimmerte die Specksteinschale im Widerschein des Kerzenlichts. Schließlich warf sie ein, zwei, manchmal drei polierte Mondsteine in das Gefäß. Behutsam blies sie ihren Atem über die Schale und ritzte mit einem Stöckchen Kreise, Linien und Riefen in den Sand. Zeichen und Zahlen, die sich oftmals zu einer Acht formten. Immer und immer wieder. Dann strich sie ein paarmal, ohne Schale und Sand zu berühren, über das Bildnis, das sich zu einem anderen fügte, wenn sie die Hand wieder fort zog. »Was siehst du?«, fragte sie ihre Besucherin sanft, während diese mit geweiteten Augen auf Schale und Sand blickte, unfähig, Antwort zu geben und zu lesen, was Großmutter deutlich vor sich geschrieben fand. Bei der einen stand gesichert fest, dass der Ehemann von der fremden Frau zurückkehren werde, in deren Armen er sich liebesblind verloren hatte, bei einer anderen waren Rezepte und Mittel im Sand skizziert, die gegen Trunksucht und Prügelei im heimischen Hause wirkten. Wieder andere erfuhren durch die Zeichen, wann die beste Stunde gekommen sei, um ein Kind zu setzen mit diesem oder mit einem anderen Mann. Und alle kamen sie wieder.

Besprechungen, nannten es die Frauen; Hoffnungstropfen, sagte Großmutter.

Mit Geld zahlte bei Großmutter niemand. Hoffnung gab es gratis. Dafür hatte Großmutter Kredit. Im Dorf und in der Gegend. Beim Kaufmann am See, beim Bäcker Sparre, bei Tabak Emil oder beim Hut- und Taschenmacher in Gnoien. Keiner verlangte ernsthaft von ihr, die wenigen Dinge, die sie für sich benötigte, zu bezahlen. Es wurde angeschrieben und dankbaren Blickes verrechnet. Verrechnet mit Hoffnungstropfen. Zumeist waren es Frauen, die schweigend Großmutters Rechnungen vergaßen, während die Ehemänner mit den Zähnen knirschten und den Mut nicht fanden, offen der Gemahlin zu widersprechen. Wieder andere zahlten mit Schinken, mit geräuchertem Barsch oder Hecht aus dem nahen See, mit Kartoffeln oder Tomaten, mit Kirschen, Äpfeln und Birnen oder mit Westseife und Westkaffee, die in kleinen oder großen Mengen des Nachts in Großmutters Haus getragen wurden. Je nachdem, was Jahreszeit, Hof und Garten – oder aber Verwandte jenseits der Grenze aus Lübeck, Hamburg und Lüneburg – dem Einzelnen zukommen ließen.

Heute

Für einen Moment legte Arno das Tagebuch aus der Hand. Fast zwei Jahre war die Eintragung alt, und dennoch schien es, als sei sie erst gestern notiert. »Philemon & Dädalus« – ein harmloser Text, hatte er damals gedacht und ihn an die Redaktion geschickt. Er spürte einen Kloß im Hals wachsen, als er an das Verlagsschreiben erinnert wurde. Dabei war der Text einer von jenen gewesen, die in Schwerin gelobt und ausgezeichnet worden waren:

PHILEMON & DÄDALUS
Bautzener Begegnung

»Halt!«
»Hier nicht. Das Lichtspieltheater ist geschlossen. So bleiben Sie doch stehen!«
»Hier geht es nicht weiter. Hier ist nichts zu sehen.«

Kein Grund zur Sorge, dachte ich, der Mensch muss sich irren. Im Reiseführer wurde dieses prachtvolle Haus verschwiegen. Das war verdächtig. Ein Geheimtipp, ein Kleinod sozusagen – unter eingeweihten Theater- und Reiseführerkennern. Man kannte das.

Die Hände auf einen schweren geschwungenen Stock gestützt, kam aus dem Dunkel der Portierloge ein hagerer Alter auf mich zu, dem ich eine so kräftige und klare Stimme nicht zugetraut hätte. Knabenhaft schmal, fast körperlos, ein wächsernes, bartloses Gesicht.
Er betrachtete mich von Kopf bis Fuß.
»Das Theater gibt es nicht mehr, mein Herr«, sagte er, nun mit leicht säuselnder Stimme, fast flüsternd.
Dabei blickte er sich ganz langsam nach allen Seiten um.
Fast in Zeitlupe. Halb erstarrt.
»Wir sind angehalten, keine Besucher zu den Bühnen vorzulassen.«
»Nicht ins Lichtspieltheater und erst recht nicht ins Marionettenkabinett.«
»Es ist verboten!«, wisperte er.
»Einsturzgefahr!«
»Sie verstehen?«
»Eltern haften für ihre Kinder!«
»Nein. – Auch nicht ausnahmsweise, mein Herr!«
»Da dulde ich keinen Widerspruch!«
»Es hat keinen Zweck, gehen Sie! – So gehen Sie doch!«
»Ich bitte Sie …«

Kein Zweifel, dachte ich, ein armer Schlucker. Der Mensch will ein Trinkgeld. Was sonst. Soll er haben.
Als ich bereits im Begriff war, einige Silbermünzen aus der Innentasche des Mantels zu fingern, fiel die kleine Stoffpuppe zu Boden. Das unfertige Geschenk meines Sohnes. Ein mit Flicken beklebtes, aus blauen und gelben Wollresten gehäkeltes Püppchen, lädiert und verbogen. An den Rändern schlecht verknotet, teils offene Nähte. Stümperhaft, dachte ich – wie alles von ihm.

Während der vergangenen Wochen und Monate meiner langen Reise durch die verschiedensten Teile der Welt hatte ich Puppe und Sohn fast vergessen.
Gegenüber dem Alten war mir die Sache einigermaßen peinlich. Leicht geniert, griff ich nach der Puppe … doch der schrullige Kauz, mit Gehstock und staubigem Anzug, der die Hügel und Ebenen der Stadt in seinem tristen Leben wohl kaum überquert haben mochte, hob die Figur mit einer raschen Bewegung vor mir auf.
Behutsam streichelte er sie. Sanft, fast zärtlich.

»Welcher Glanz …«
»Was für strahlende Augen«, sagte er, bevor er mir die gesichtslose Puppe reichte.
»Sie sind ein Vertrauter?«, fragte er.
»Dann ist das freilich etwas anderes.«
»Völlig anderes.«
»Dann werden Sie sicherlich längst erwartet. Nicht wahr?«
»Sie haben Glück, mein Herr, … wir sind vollzählig.«
»Es sind heute alle gekommen.«
»Alle …«, frohlockte er. –
»Und entschuldigen Sie bitte, dass ich mich täuschen ließ.«
»Aber in den heutigen Zeiten …, wen nimmt das wunder, dass ich Sie verkannte. Schlichtweg verkannte.«
»Ich hielt Sie für einen Touristen –, einen Unsteten –, einen Getriebenen.«
»Ich bin untröstlich, mein Herr.«
»Ein unverzeihlicher Irrtum.«
»Entschuldigen Sie bitte.«
»Aber nun folgen Sie mir.«
»Kommen Sie!«

Bezirksverwaltung
der Staatssicherheit
Abteilung XX/7

Schreiben vom 14. Oktober 1974 Tgb.-Nr. 1425/74

Inoffizielles Gutachten unserer Quelle zum vorliegenden Manuskript „Philemon und Dädalus / Bautzener Begegnung" vom „OV Strippenzieher" zur operativen Auswertung.

Einschätzung
Zum Inhalt: Der Autor gibt in seiner Kurzprosa ein ausgesprochen düsteres Bild der Gegenwart wieder. Dabei ist der Text nicht geschrieben von der Position eines Menschen, der bestimmten Erscheinungen kritisch gegenübersteht und produktiv etwas verändern möchte. Der Text stellt eine bewußte Verzerrung des Alltags in unserer Gesellschaft dar. Die Vereinsamung, die Unfähigkeit zum Gespräch, zum Dialog(!), bezieht sich unmittelbar auf diesen Alltag. In den einzelnen Bildern und Motiven, wenn vom geschlossenen, baufälligen Theater die Rede ist, dem Alten als dem armen Schlucker oder vom Vater-Sohn-Konflikt des Besuchers, dann ist dies ein Alltag, der gegen den einzelnen Menschen in unserem Land gerichtet ist. Der Text ist aber zugleich auch politisch aggressiv, weil er aus einer absoluten Distanz gegenüber dem Staat geschrieben worden ist. Er irritiert und provoziert bereits im Untertitel: Bautzener Begegnung. So als begegneten sich beide Figuren, die weder in der Mytho-

logie, noch bei Goethe zusammen finden, in einer Stadt, die als Synonym für Gefängnis steht. Dabei können das geschlossene Theater als Ablehnung unserer Kulturpolitik gesehen und die Mittel des Lakonismus und der Pointierung der Sprache als Verlust der Sprachfähigkeit, also als behauptete Entfremdung zwischen dem Alten und dem Besucher interpretiert werden. Daß der Autor sich in einem unüberbrückbaren inneren Gegensatz zu unserer Gesellschaft und zu den politisch Verantwortlichen im Land befindet, bleibt als Eindruck festzuhalten. Eine Veröffentlichung ist daher in jedem Fall dringend zu unterbinden.

gezeichnet „IM Verlag"

Gestern

Fast zwei Jahre waren die Franzosen im Dorf gewesen, erzählte Großmutter an dem Abend, als sie das erste Mal von Marie erfuhr. Arno hatte ihr Fotos gezeigt, die er aus Berlin mitgebracht hatte. Farbfotos, die in Zeitlupe aus einer Kamera gekrochen waren und sich nach und nach vor seinen Augen entwickelt hatten. SOFORTBILD, hatte Marie erklärt, POLAROID, ein kleines technisches Wunder. Sie hatte den Apparat aus Kreuzberg mitgebracht. Vorbeigeschmuggelt an Kontrolle und Grenzern.

Großmutter staunte. Sanft strich sie über jedes einzelne Foto mit dem Porträt der fremden Frau. Sie suchte die Augen von Marie im Bild zu fixieren, schob ihre Brille auf der Nase zurecht und schaute dann für einen Moment zu Arno hinüber. Ein freundliches Lächeln huschte über ihr Gesicht, das Grübchen erkennen ließ. Leicht, etwas versteckt, im Lichtspiel ihrer Lachfalten. Dabei fiel ihr eine Haarsträhne ins Gesicht, die sie mit einem kurzen Pfiff gekonnt zurück blies. Selten war Großmutters Haar geordnet. Meistens lag es ihr, lose zu einem Knoten zusammengebunden, im Nacken. Der Knoten wurde dabei von irgendetwas gehalten, was ihr, je nach Tagesstunde und Ort, zwischen die Finger gekommen war: einem Bleistift, einer Stricknadel oder einem Mikadostäbchen. Manchmal einem langen hölzernen Kochlöffel. In den letzten Jahren war ihr Haar mehr und mehr von weißen Strähnen durchsetzt. Sie veränderte nichts, ließ es geschehen.

Während Großmutter den Blick über Fotos und Postkarten schweifen ließ, begannen ihre Augen zu strahlen. Rehbraune fröhliche Knopfaugen. Leicht blinzelnd in der Abendsonne. Neugierig blätterte sie zwischen den Karten und betrachtete die bunten Briefmarken und die kolorierten Landschaften auf den Fotos. Eiffelturm, Markusplatz, Gardasee, Alpengletscher und Palmen, später Elefanten, Nilpferde und Kamele. Als sie schließlich fertig war, breitete sie die verschiedenen Stadtpläne auf dem Gartentisch aus. Ohne Eile. Einen Plan über dem anderen, fein säuberlich glattgezogen – mit beiden Händen, damit keine der Faltkanten riss. Silbe für Silbe buchstabierte sie dabei die aufgedruckten Städtenamen: A-vig-non, Abt, Ex-ile Pro-vence, Marseille, Les Vans. Fremde Namen aus einer fremden Welt.

Weißt du, sagte sie nach einem Moment des Schweigens, die Namen unserer Franzosen klingen anders, aber sie klingen noch immer von den Tafeln und Firmenschildern der Häuser im Dorf. Wenn es still ist, kannst du sie hören. In der Erinnerung flüstert mir manchmal der Wind ihre Namen zu, wenn er abends um die Reetdächer fegt: Petitjean, Baron, Durand.

Sie waren fleißig, deine Franzosen, sagte Großmutter. Glaube mir, Junge. Sie haben Kinder gemacht. Dutzende Kinder – in sehr kurzer Zeit. Nicht immer ein jeder mit derselben Frau. Aber fleißig waren sie trotzdem, die jungen Franzosenmänner. Die Kinder blieben, auch wenn die Soldaten gingen. Weitergezogen ins Franzosenland. Aber auch die Franzosenkinder haben wieder Kinder gemacht, gottgewünscht, wie sich das gehört in dieser Welt, sagte Großmutter.

Beim Sonnenuntergang nahm sie sich eine Zigarre, schnitt sie in zwei Hälften, spuckte den losen Tabak gekonnt zur Seite und setzte sich in den alten Lehnstuhl zurück, von dem sie behauptete, ihn während der letzten Kriegstage im April fünfundvierzig aus dem brennenden Schloss gerettet zu haben. Präzisionspendeluhr und Kaminleuchter, Porzellankakadu und Ohrenlehnstuhl. Vor den Flammen gerettet wie andere Dinge im Haus. Das halbe Dorf hat geholfen, zu retten, was noch zu retten war, beteuerte Großmutter leicht gereizt, wenn Arno dumme Fragen stellte. Die Russen oder die Polen ... Wer weiß das schon genau? Gebrannt hat es lichterloh – St. Marien mit unserem Kloster, das schon Jahrhunderte kein richtiges Kloster mehr war. Die Zisterzienser gingen, und die Herzöge kamen. So einfach ist das manchmal im Leben, mein Junge. Des einen Glück ist des anderen Leid. Vor dem Krieg und erst recht danach.

Minuten später begann sie paffend in die Nacht zu erzählen. Von Zeit zu Zeit goss sie sich dabei einen doppelten Korn aus einer milchigen Zweiliterflasche ein, die sie anschließend behutsam wieder auf den ziegelroten Steinboden stellte. BÄRENTÖTER – Selbstgebrannter vom vergangenen Herbst. Sie erzählte von den französischen Truppen, die unter Kaiser Napoleon die Hansestadt Stralsund belagert hatten. Mehr als einhundertfünfzig Jahre sei das jetzt her, versicherte sie. Sie wusste, dass Kirche und Schloss damals auf Befehl von General Murat zum Militärhospital und Lazarett erklärt und dass dort zeitweise bis zu tausend Verwundete untergebracht worden waren. Soldaten, mein Junge. Soldaten, betonte sie. Du verstehst? Richtige Männer, Franzosenmänner noch dazu. Wie die Sardinen seien sie zwischen Redoutensaal und dem Altarraum gelegen, raunte Großmutter Arno zu, während sie mit gespreizten Beinen und gestrafftem Rock die Emailleschüssel hielt, über die sie ihre Kartoffeln für den morgigen Tag zu schälen begann. Sechshundert seien nicht heimgekehrt in den zwei Jahren, hätten es nicht geschafft, meinte sie. Sie seien im Wald hinterm Klostersee bei der Franzosenschneise verbuddelt. Die anderen aber seien gesund geworden. Jeden Tag ein bisschen. Hätten sich aufgerappelt und umgetan im Dorf und so mancher die Marseillaise zu flöten gelehrt.

Heute

Zwanzig vor neun. Das Ticken der Wanduhr schlug gegen den Puls. Perlender Schweiß auf der Stirn. Im Ohr ein dumpfes Rauschen, das allmählich zu einem hämmernden Dröhnen anschwoll. Arno fuhr sich durchs Haar. Er legte die Tagebücher beiseite. In seinem Kopf rasten die Gedanken: Gespräche, Wortfetzen, Notizen, Zeitungsartikel und die Bilder der letzten Tage überschlugen sich. Der Zettel, dachte Arno, der Zettel, welcher Tag war gemeint, was genau war geschrieben? Der Zeiger der Uhr drehte sich zur Decke. Die Ohren schmerzten. Noch zehn Minuten bis neun. Schließlich: noch fünf. Für Sekunden wich seine Anspannung einer Regung von Hoffnung und Erleichterung: Sie würden nicht kommen ... ganz sicher, sie kommen nicht... Arno empfand plötzlich Dankbarkeit, verschont worden zu sein. Klar bleiben, dachte er dann. Du musst klar bleiben, rational denken. Dutzende Male hatte er Situationen wie diese trainiert. Wechselseitig mit Pius und Stefan geübt, im Arbeitskreis, bei den Freunden oder allein zu Haus. Was war zu tun? Welche Fragen würden kommen? Das Hoffen wich dem Warten. Er musste vorbereitet sein.

Neun Uhr. Noch immer rührte sich nichts. Im Hof, im Flur und an der Tür blieb es still. Kein Klingeln, kein Klopfen. Nur Warten. Endloses Warten. Die Stille griff nach Arno und machte seinen Kopf ganz leer. Seine Gedanken – wie ausgelöscht. Seine Wut blieb dünn, sein Atem müde. Sich im Leben derart ausgeliefert zu fühlen, hatte er nicht gelernt. Nicht bei der Großmutter, nicht in der Schule und auch nicht im Kesselhaus bei den Kollegen. Das Warten und die Leere waren zur Normalität geworden. Seit Monaten hatten sie sich in ihm eingenistet. Abgesperrt von allen Möglichkeiten, war er längst bereit, alles, was er besaß, im Stich zu lassen, um nur diesem Warten zu entkommen. Er wischte sich mehrfach übers Gesicht, dann schaute er aus dem Fenster auf das gegenüberliegende Haus. Brandwand, fensterlos – Nässe bis unters Dach. Gräser und Farne wucherten aus der Dachrinne: Ahornbäumchen, acht bis zehn Jahre alt, wurzelten dazwischen. Haus und Brandwand gehörten dem Regen und dem Moder, wie die Fensterscheibe dem Wind und dem Kitt gehörte, dachte Arno. Am Himmel kreischten Vögel. Fast schien es, als schwömmen sie in einem Meer aus Schleierwolken. Die Uhr zeigte ein Viertel nach neun.

Der IM „Delilah" informierte beim vereinbarten Treff darüber, daß die OV-Person gemeinsam mit einer weiteren bearbeiteten Person plante, Texte mit feindlich-negativer Aussage selbst zu vervielfältigen, die für den Verkauf und Vertrieb innerhalb kirchlicher Einrichtungen vorgesehen sind. Durch den abgestimmten Einsatz von mehreren IM in Schlüsselpositionen gelang es, die Aktivitäten zur Herstellung solcher Druckerzeugnisse zu unterbinden. Die gezielte Diskreditierung des OV „Strippenzieher" durch einen weiteren IM in Kirchen- und Autorenkreisen führte zur teilweisen Isolierung der Vorgangsperson. Mehrere bearbeitete Personen in Führungspositionen distanzierten sich von der Zielperson nach und nach, weil sie durch weitere Kontakte eine Schädigung ihres eigenen Ansehens und Nachteile für ihren eigenen Werdegang befürchten.

Gestern

Im Hinterhof stand eine rostige Wasserpumpe vor Apfel- und Kirschbaum. Vor Jahren hatte Großmutter Winterastern neben Gully und Ablauf gepflanzt. Drei Wochen war sie geblieben – bei ihrem ersten Besuch – in seinem Haus, in der fremden Stadt. Danach hatte er Hof und Garten nicht wiedererkannt. Ein Kleinod, umringt von atmenden Blüten und Blättern.

Aus dem Gitterrost ragten tautropfende Farne. Im Ohr das glucksende Raunen und Blubbern der Kanalisation. Links drei ausgetretene Stufen, Lattenzaun mit Querriegel. Eine winzige Gartentür verband den Hof mit dem Nachbargrundstück. Zweimal fünf Meter Wiese, Kaninchenställe, eine gusseiserne Emaillebadewanne, bepflanzt mit Schnittlauch, Thymian und Petersilie. Daneben fußte ein hellblauer Grammophontrichter als Blumenschale. In der Luft der süße Duft von Moos und feuchten Schwämmen. Jedes Frühjahr begann hier mit einem Zirpen und Sirren in einem Meer üppigen Grüns. Ein sphärischer Gesang von Insekten, die sich auf Kirschblüte, Krokus und Löwenzahn stürzten. Beim Schreiben hatte Arno sie hin und wieder belauscht, eine wundersam friedliche Sinfonie der Bienen, Hummeln und Grillen. Ein Raunen und Grummeln. Der Wind trug dann Apelblütenduft ins Zimmer, und Großmutters altes Fahrrad lehnte sanft am Kirschblütenzweig vorm Fenster. Arno sehnte sich in diese Zeit, wo das Glück leichte Füße bekam und die Augen mit feuchtem Glanz angefüllt standen. Das Vibrieren und Glühen der Leiber, das Lachen der Münder und das Sehnen der Lippen. Der erste Geruch der unbedeckten Scham. Der fließende Strom zwischen den Schenkeln – die allmählich zunehmende Wärme im Schritt. Die Menschen – Hand in Hand, Arm im Arm – fest umschlungen. Das feuchte Gleiten der Finger. Ihre zärtliche Vorahnung, ihr sanftes Spiel.

Der Morgen klopfte in dieser Jahreszeit vertraut an die Scheiben, und der Abend läutete leise an der Tür. Die Vermählung von Morgentau und Abendnebel. Sehnsucht und Verlangen ketteten sich frei auf Wiesen und Hängen.

Marie hatte ihm bei seiner Arbeit zugesehen. Schweigend über mehrere Stunden hinweg, wenn er sich wieder einmal aus dem Land geschrieben hatte. Mit den Ohren hinterm Fensterkreuz. Mit dem Flimmern unter den Lidern. Wenn er sich verlor im Puls dieses Spiels. Mit fahriger Hand schreibend, Satz für Satz, Wort für Wort. Sie war dann auf Großmutters weinrotem Plüschsofa gelegen, mit einem Buch in der Hand, dessen Worte und Sätze ihr fremd und verschlossen blieben wie das Land und die Stadt, in denen Arno lebte. Eine fast magische Stille verband sie in diesen Momenten mit ihm, im Staunen und Schauen, während er bereit war, langsam und allmählich bereit war, hinüber zu treten in jene andere Welt.

Heute

Vierzig Minuten nach neun.

Das Leben hatte die Stadt an diesem Tag betreten wie an jedem andern Tag auch. Vom Osten kommend mit dem Licht und dem Wind und dem Staub. Straße für Straße, Platz für Platz. Selbst unterirdische Hohlräume, Bunker und Sperranlagen mit ihren Beobachtungsluken und Gefechtsständen waren durchflutet. Die Stadt stemmte sich noch gegen den beginnenden Lärm. Das Tosen und Brausen, das Rollen und Rattern. Ruckweise ging der Verkehr vorwärts. Andernorts blieb es still. Hier ruhte die Stadt in ihrer Apathie; dort zog der Strom der Getriebenen und Versprengten weiter und weiter. Zügellos fegte der Wind über die Dächer. Kohlengeruch trieb um die Häuser und sammelte sich unter den Wolken. Die Stadt hörte, was ringsum geschah, am Boden und in der Luft. Das Tuscheln und Wispern. Das Blöken und Plärren. Hunderttausendfache Wiederholung. Schlurfende Schritte, keifende Schreie, verzweifelte Rufe. Allmorgendliche Monotonie aus Gesprächsfetzen der Frauen, dem Geräusch urinierender Männer und dem Wimmern der Kinder.

Arno schloss das Fenster im Arbeitszimmer. Beginnendes

Stimmengewirr im Hinterhof. Im Zimmer – die Stille und im Haus keine Bewegung. Die Kirchturmglocke schlug zehn. Wieder begann Arno die Tagebücher zu lesen. Ohne jede Ordnung und Reihenfolge blätterte er zwischen den Seiten und las sich fest.

Mittwoch, 27. November 1974

Samstag kommen die Holländer, zwanzig Studenten aus Rotterdam, der Partnergemeinde von Pius. Die meisten – völlig ahnungslos von alledem hier. Theologen, Soziologen, Sprachwissenschaftler... Pius hat eine Ost-West-Begegnung beim »hohen Rat« angegeben und einige ausgewählte Studenten aus Jena und Naumburg eingeladen. Alles zur Tarnung. Auf der Liste ist mein Name gestrichen ..., vorsorglich , und dennoch, mit unseren Leuten werden wir knapp fünfzig sein. Wir sind vorbereitet, seit Monaten. Gastadressen besorgt, Texte vervielfältigt, Bücher und Themen bestimmt. Bis jetzt ist nichts aufgeflogen. Kein Judas unter uns. Gott sei's gedankt. Selbst die Gastfamilien wissen nichts von dem eigentlichen Grund des Treffens. Was für ein Land, sich hinter sich verstecken zu müssen...
Ich hoffe, die Bücher kommen durch.

Montag, 1. Dezember 1974

Endlich ein Lebenszeichen von Marie. Bin glücklich, dass es ihr gut geht. Heute kamen gleich drei Briefe. Sie war bei Tallinn am Meer und hat Freunde getroffen. Und sie hat von uns erzählt. Von mir und ihr und den andern. Von allem hier... Dabei geht es dort nicht besser. Nur anders, irgendwie anders. Nicht so konsequent. Nicht so extrem ..., glaub' ich zumindest. Von dem, was ich höre, scheinen die Freiräume allerdings nicht viel größer. In den Städten stehen die Lehrer zur Weihnacht vor den Kirchen und notieren, welcher Schüler zum Krippenspiel geht. Kristina schrieb dies im letzten Winter. Sie ist auf der Oberschule in Tartu. Um nicht de-

nunzieren zu müssen, meldet sie sich jedes Jahr über die Feiertage krank ....

Sonntag, 22. Dezember 1974

Starker Wind, die Tage dunkel, kalt und bewölkt. In der Nacht gab es einen Schneewirbel. Harsch am Morgen. Leichter Frost. Gegen sechs Uhr aufgestanden. Tee getrunken und zur Arbeit gefahren. Draußen war es glatt. Die Kälte schnitt im Gesicht und an den Fingern. Brauchte fast doppelt so viel Zeit wie sonst. Die Straßen und Wege waren kaum geräumt. Musste das Rad immer wieder schieben. Fiel einmal hin. Nichts passiert. Der Lenker schief, das war alles. Mittags in der Kantine: Kein Mensch an meinem Tisch. Keine Neuigkeit, keine Veränderung. Stillstand. Zum Nachtisch: drei Schokoladenherzen auf Plastikteller. Abgezählt für jedermann. Dazu heißen Kakao, angedickt mit Stärkemehl aus Mais. Wie im Kindergarten oder in der Schulspeisung. Nebenan erzählten sie von den Weihnachtseinkäufen, vom Festbraten und später vom Theater. Plenzdorfs letztes Stück. Ein Riesenerfolg, scheint es. Gegen sieben im Haus zu Abend gegessen, Schwarzbrot und Käse. Hamburger Tee getrunken, Briefe geschrieben. Zwischendurch: Tannenbaum geschmückt für die kommenden Tage. Später nochmals Marie geschrieben.

Mittwoch, 1. Januar 1975 (Neujahr)

Erster Tag im neuen Jahr. Etwas Schwermut und Traurigkeit. Wieder ein Jahreswechsel ohne Marie. Gestern blieb ich allein mit meinen Büchern. Am Abend las ich eine Sammlung von Bachmann-Gedichten. Die halbe Nacht lagen sie mir auf der Seele. Hätte sie gern Marie vorgelesen.
»Alle Tage / Der Krieg wird nicht mehr erklärt, / sondern fortgesetzt. Das Unerhörte / ist alltäglich geworden. (...) Die Uniform des Tages ist die Geduld«

Hörte die Böller und Raketen. Was wird es bringen, das Neue? Die Freiheit?
Am Morgen im Radio gekurbelt. Die Neujahrsnachrichten mit ihren Glück- und Segenswünschen, ihrem Pathos, ihren Lügen... Hier ein Tönen auf die Helden der Arbeit; dort die dumpfe Zuversicht gegenüber den Brüdern und Schwestern im Osten: Wir sind ein Vaterland. Die Einheit kommt! Widersprüchliche Grüße von hier nach dort und von dort nach hier. Berlin grüßt Berlin. Deutschland wünscht Deutschland und immer so fort. Verlogene Erfolgsmeldungen und vage Versprechungen. Sonst nichts. Ein Austausch wechselseitiger Täuschungen. Lästig.
Das einzig Schöne: Das alte Jahr endete mit einem Brief von Marie. Wieder ist sie in Afrika. Kenia und Uganda stehen auf ihrem Programm. Bin dankbar, ein wenig reisen zu dürfen – mit ihr, in ihren Zeilen, den Fotos, den Blütenblättern, Samen, Schleifen und Postkarten.

mon amour,
morgen verlassen wir nairobi für die naivaschasee. zwei tage später dann in die maasai mara. die jacarandabäume stehen blau überall. ihre blüten leuchten, dass es schmerzt in die augen.
alle sagen, die regen ist nicht weit.
gestern, auf dem weg zum haus von karen blixen, sah ich zwischen ngong road und green lane einen seltsamen taxi-stand. es ist ein taxi-stand für tote. särge mit blumen und kränze auf das dach, darunter die gäste im kleinbus. feiernd und klagend, klagend und feiernd. kopftücher, zylinder und hüte hüpften im takt von straße und motor. und die toten auf das dach hüpften immerzu mit. machnachmal sind zwei oder drei särge aneinander gebunden. ganz eng. so halten sie einander

fest, wenn sie zum letzten mal in ihr dorf schaukeln. am rande von karen war ich auch in eine maasaimarkt. leider hatte ich nicht genügend geld auf mich. es gab wunderschöne taschen, schmuck und gewürze, und mitten in die kunterbunte stoffe lagen schlafende frauen. magnifique. das war etwas für mich. etwas für alle sinne. du musst das einmal teilen mit mir. ich reise und kann es doch nicht genießen. du bist doch in mein leben gekommen wie nach eine lange reise. du hast so viel in mir durchquert. du bist meine insel, wo ich gestrandet bin und du bist der ich nicht mehr erwartet habe. wenn wir zusammen sind, bin ich ganz hell in mir. frei zu sein nur für sich – was bringt das? endlich sich leben lassen ohne zurück zu fragen alles...
je t'embrasse – mon amour, bisou bisou
Marie

Freitag, 3. Januar 1975

Vielleicht der letzte Blick auf den Weihnachtsbaum. Er nadelt jetzt stark. Einige Nadeln schicke ich Marie – die übrigen kommen ins Feuer. Einfache Fichte, sicherlich im Oktober gefällt. Drinnen ist es zu warm und draußen – noch immer zu kalt und zu frostig. Habe Kerzen, Kugeln und Holzzeug abgenommen, nur hier und da noch ein Rest von Lametta. So hängen die Zweige nicht in Trauer. Trotzdem – ihre Zeit ist vorbei. Und eine andere kommt nicht.
Die schweren Kartons nach dem Frühstück auf dem Boden verstaut. Fürs nächste Jahr. Dann vielleicht mit Marie.
Mittags zur Arbeit. Bin im Kesselhaus abermals ganz auf mich gestellt. Bereitschaft. Kein Mensch sonst weit und breit. Selbst die Verwaltung – entleerte Flure, verwaiste Büros. Kein freies Wochenende, seit fast zwanzig Tagen. Gott sei dank blieb es ruhig. Keine Hava-

rie, kein Störfall. Kam in der Werkstatt zum Lesen und Schreiben. Die Stunden dennoch wie fest gegossen. Gegen 19 Uhr endlich nach Haus. Zwei Stunden vor der Zeit. Der Pförtner hat mich notiert. Wie immer: Dienst ist Dienst und Schnaps ist Schnaps.
Zu Hause – Post von Stefan. Ein langer Brief, in dem er vorschlug, nach Jena zu kommen. Die Eile zwischen den Zeilen veranlasste mich, noch am Abend zu Pius zu fahren, um anzurufen. Wenigstens er hat Telefon. Von meinen Zwängen ahnt Stefan nichts. Er glaubt noch immer, ich könnte reisen. In den Zug steigen und wegfahren. Ohne Stadtarrest. Einfach so.
Habe ihn nicht erreicht. Kam spät ins Bett.

Mittwoch, 5. März 1975

Es ist endlich warm geworden, fast frühlingshaft. Marie hat begonnen, ihre Briefe zu nummerieren. Und ich mache es ebenso. So sehen wir, ob Post »verloren« geht. Was durchgeht, was verschwindet. Mitunter brauchen ihre Grüße drei bis vier Wochen. Meine Briefe dauern länger. Von Berlin nach Berlin. Von Kreuzberg nach Mitte. Immerhin sind wir fast Nachbarn. Neulich habe ich mit dem Lineal gemessen, dass wir Luftlinie keine fünfzehn Kilometer entfernt leben. Wenn die Grenzziehung stimmen sollte, was ich aufrichtig bezweifle. Mein Schulatlas stammt aus den Fünfzigern, aber das will nichts heißen. Gefälscht wurde von Anfang an.
Im Frühjahr wird Marie an der FU ihr Staatsexamen machen. Sie nimmt das Studium nicht ernst. In ihrer Nähe scheint alles leicht zu werden. Unglaublich leicht. Fast schwebend. Auch mich zieht sie mit sich. Manchmal, wenn sie hier sein kann und wir beieinander liegen, fliege ich mit ihr fort. Sie bringt dann Stadtpläne, Ansteckknadeln, Fotos, Kassetten, Aufkleber und Postkarten mit und zeigt mir Avignon oder Straßburg. Platz für Platz und Straße für Straße, bis ich selbst glaube, die Gaukler vor dem Palais des Papes gesehen und die Musiker im Petite France gehört zu haben.

Montag, 18. August 1975

Marie ist schwanger. Ich tanze vor Glück, aber sofort mischt sich Angst hinein. Wie weiter? Gestern hatte sie ein Tagesvisum, und wir trafen uns bei Pelle in der Oranienburger. Unser Café. Gott sei dank war es leer, wir konnten reden. Ahnungslos, wie ich war, zeigte sie mir einen weißen Stift mit einem dünnen, blauen Streifen. Sie fragte mich, wie es heißen soll? Erst hab' ich nichts verstanden: Schwangerschaftstest? Dann hab' ich losgeheult, und sie hat gelacht. »Wie immer«, hat sie gesagt. »Du weinst, und ich lach' mich schief, wenn's ernst wird.« Und wir haben getobt wie die Verrückten, bis in die Nacht hinein, bis sie raus musste über den Checkpoint. Aber was jetzt? Was kommt? Sie möchte zu mir, und ich will nicht, dass unser Kind hier aufwächst. Nicht in diesem Land. Auf keinen Fall darf jemand davon erfahren, sie wird nicht mehr kommen dürfen. Ich ahne, was geschehen könnte.

Freitag, 24. Oktober 1975

Lange Zeit habe ich nicht geschrieben. Die Dinge überschlagen sich. Seit Wochen keine Einreise für Marie. Selbst offizielle Wege scheitern. Pius hat sich bemüht, ein Touristenvisum über die Botschaft zu bekommen. Der Bischof hat beim Rat interveniert. Aber auch ihm und dem Konsul sind offenbar die Hände gebunden. Geduld ist ihr Zauberwort; dabei habe ich alles, nur keine Geduld. Gestern auf der Hauptpost: zehn Stunden Warten. Um acht war das Gespräch zu Marie angemeldet, um 18 Uhr musste ich gehen. Ohne Erfolg. Keine Leitung frei, hieß es. Und kein Brief erreicht mehr sein Ziel.

Mittwoch, 5. November 1975

Fast Mitternacht.
Pius kam heute am frühen Abend. Vor der Haustür musste er sich ausweisen. Seine Personalien wurden festgehalten und per Funk

überprüft. Später fragte man nach dem Grund seines Kommens. Pius blieb standhaft und drehte nicht um. Alles Schikane, alles Abschreckung, alles Berechnung. Ich kenne das. Seit Wochen geht das so. Die ersten Freunde kommen nicht wieder.
Unter Pius' Talar fand sich Post von Marie. Endlich ein Zeichen. Ein Stuttgarter Pfarrer brachte ihn mit. Es geht ihr nicht gut.

> mon amour,
> ist was passiert? ich bekomme kein brief mehr von dir. du fehlst. ich denke, du arbeitest wieder wie ein verrückter. ich war zum arzt; er sagt, dass es das kind gut geht. ich habe ihn das erste mal bewegen gespürt. wann kannst du das alles miterleben?
> warum sind die tagesschein immer abgelehnt? in friedrichstaße oder am checkpoint komme ich nicht vorbei. ich kann nicht mehr ohne dich. ich habe das gefühl, ich lebe mit eine fantom. es kann nicht so weiter gehen. hat Pius ein andere telefonnummer? – ich komm nicht durch. ich weiß nicht, ob ich mich sorgen machen soll. ich ertrage nicht mehr, dass andere auf mein leben bestimmen. finde ein lösung. ich werde verrückt. ich brauch dich. mach mir ein zeichen.
> Marie

Donnerstag, 18. Dezember 1975

Es schneit seit einer Woche, aber das Weiß trägt nicht. Alles leuchtet gelb. Kesselhaus und Kraftwerk schleudern Asche über die Stadt. Und hunderttausende Öfen heizen den Himmel. Bereits am frühen Abend glüht der Horizont. Zwei Absagen sind gestern hereingeschneit. Das Buch wird nicht kommen und die Erzählungen auch nicht. Habe nichts anderes erwartet. Es ist sinnlos geworden, wieder und wieder Texte zu schicken.

Jutta ist bei Pius aufgetaucht. Sie hat die Uni in Leipzig geschmissen, erzählt sie. Keine Ahnung warum. Mehr als zwei Jahre sind wir uns aus dem Weg gegangen, seit der Sache mit Stefan. Im Arbeitskreis hilft sie, wo sie kann. Sie versteht viel von französischer Lyrik. Die Gespräche mit ihr helfen zu überwintern.

Freitag, 27. Februar 1976

Über Wochen keine Notizen gemacht. Alles verschwimmt und erscheint sinnlos. Jedes Ziel wird ersetzt durchs Alltägliche. Wie komme ich durch den heutigen Tag? Wie weiter, wie morgen? Irgendwie überleben. Dabei ist diese Selbstaufgabe Absicht. Geplantes Kalkül oder ich weiß nicht was.
Stefan war dieser Tage auf Heimaturlaub. Der letzte, vor seiner Entlassung. Gott sei Dank kam er in Zivil; seine Uniform hätte uns verraten. Als er kam, sind wir nach draußen gegangen. Trotz Kälte und Glatteis. Manchmal scheint mir die Wohnung nicht sicher. Man weiß nie. Im Park konnten wir reden. Er wird nun am 29. April entlassen. Das steht jetzt fest. Bis die Neuen eingezogen sind, gilt Ausgangssperre im gesamten Regiment. Das heißt, uns bleiben vier Tage. Vier Tage, in denen Wachrhythmus und Ablösung nicht verändert werden. Zweimal achtundvierzig Stunden Vergatterung. Ein kalkulierbares Risiko, denke ich. Bleiben oder gehen? Die Frage stellt sich nicht mehr. Ich will zu Marie. So oder so.

Fernschreiben Stufe „Flugzeug“

An: 400 und 410 MB III, HA XV, HA XX/9, HA XX/4, Abt. XX/9 KD Jena
Wegen Verdachtshinweisen gemäß Vorbereitung zum ungesetzlichen Verlassen der DDR durch die OV-Person „Strippenzieher“ wird über Abteilung VI vom

29.04. bis 05.05.1976 eine Ausreise- bzw. Einreisefahndung zur Vorgangsperson eingeleitet. Diese Fahndung schließt den Teilvorgang zum OV „Freiraum", den Gefreiten Stefan G., erfaßt durch die Kreisdienstelle (KD) Jena, Abteilung XX/4, mit ein. Der G. leistet derzeit unter den AGT seinen Grundwehrdienst an der Staatsgrenze der DDR zu Westberlin ab. Entsprechende operative Maßnahmen wurden durch die Hauptabteilung I und die Unterabteilung Abwehr bereits realisiert. Postkontrolle und Telefonüberwachung stehen und sind entsprechend Maßnahmeeinsatzplan der Abteilung XX/9 auszubauen und zu erweitern.

Berlin, 02.03.1976

Gestern

Nur zögernd hatte Arno Marie eines Morgens gebeten, mit zur Großmutter zu fahren. Ein herrlicher Morgen. Das war Ende August vierundsiebzig. Der Sommer neigte sich langsam seinem Ende. Das Dämmerlicht mondlos in der aufsteigenden Herbstsonne. Tautropfenverhangene Spinnweben zwischen Gräsern und Ästen. Über dem Horizont Veilchenwolken, atemlos.

Ihr Gesicht strahlte. Seit Wochen hatte Marie auf diese Frage gewartet. Sich nicht getraut, selbst zu fragen. Sie küsste ihn auf den Mund und sprang in seine Arme. Darauf hab ich nicht gehofft, sagte sie mit Tränen in den Augen. Sie schlug die Arme um seinen Hals.

Solange es möglich war, fuhren Marie und Arno von nun an regelmäßig zur Großmutter. Mehrmals während ihrer Semesterferien hatte er Urlaub genommen, und sie waren auf der Transitstrecke Neustrelitz – Teterow in ihrem luftballonroten 2 CV über die alten Eichen- und Kastanien-Chausseen gezuckelt. Links und rechts weite Felder mit Ballen gelben Winterstrohs. Kleine Dörfer mit wuchtigen Wehrkirchen und festen Zinnen. Hier und da Störche auf verwaisten Telegraphenmasten. Der Scheibenwischer mal ruhig, mal unaufhörlich in Bewegung. Das Gefühl unendlicher Weite, die Sehnsucht nach fernen Gegenden; vergessen der froststarre Käfig. Die kontrollierte Enge. Der Raum ohne Fenster. Als Tochter eines französischen Militärattachés brauchte sie weder ZÄHLKARTE noch WARENBEGLEITSCHEIN mitzuführen. Auch der ZWANGSUMTAUSCH entfiel. Willkürliche Kontrollen auf der Strecke waren nicht zu befürchten.

Während der ersten Fahrt ins Dorf spielten sie die Verrückten. Kindern gleich. Sie setzten sich rote Clownsnasen ins Gesicht und grüßten Vorbeifahrende mit Trikolorefähnchen aus dem halboffenen Fenster. Fähnchen, die Marie aus der französischen Botschaft *entliehen* hatte. Sie glaubten, dass ihnen die Welt gehörte. Nichts könnte geschehen.

Kam ihnen ein Auto entgegen oder überholte sie ein anderes, bestimmten sie Marke und Typ und zählten mit winzigen Holzstöckchen auf dem Schoß, wer bis zum Abend die meisten zusammengetragen hatte. Einmal kreischte Marie auf und rief: *2 CV verte – sans retouche*, als ihnen ein Citroën mit Hamburger Kennzeichen entgegenkam. Dabei zwickte sie Arno in den linken Oberarm, bis es schmerzte. Das macht man so in Frankreich, sagte sie, das war eine grüne 2 CV, eine grüne DEDEUCH, eine ENTE – und du darfst es mich nicht zurückgeben, wehrte sie mit einer Handbewegung ab. Das ist verboten! *2 CV rouge – sans retouche* gilt, wenn du eine rote siehst. Eine rote ENTE. Du verstehst? Dann bekommst du eine *Bisou*. Aber nur dann. So ist das bei uns.

Unterwegs hatte Marie Gänseblümchen und Margeriten auf einer Koppel gepflückt und sie Großmutter zusammen mit einer Flasche Beaujolais und einer Packung TOMTIP Zigarillos auf den Dielentisch gelegt. Nicht direkt übergeben, nicht als Geschenk verpackt, eher beiläufig abgelegt. Wie selbstverständlich. Großmutter schätzte das sehr, während sie Marie mit einer Tasse Muckefuck und selbstgebackenem Zupfkuchen empfing und sie die junge Frau erzählen ließ, von der Familie, ihrem Studium, ihren Reisen in die unbekannten Teile der Welt.

Als es nach einer Woche galt, wieder Abschied zu nehmen, umarmten sich Marie und Großmutter minutenlang. Am Abend zuvor hatte Großmutter vor dem Zubettgehen gefragt, wie sie zu Hause, bei Freunden und Verwandten in Avignon von diesem Teil Deutschlands berichten werde. Von Mecklenburg. Den Wäldern und Seen. Den Menschen mit ihren Nöten und Sorgen. *Je ne sais pas!,* antwortetet Marie leise. *Je ne sais pas!* Dann fragte sie schüchtern zurück: *Comment expliquer la lune aux habitants du soleil?* Pardon Madame, entschuldigen Sie: Wie den Bewohnern der Sonne den Mond erklären?

Heute

Arno trug die Tagebücher in die Küche. Langsam begann er, sie zu zerreißen. Fünf bis zehn Seiten schaffte er auf einmal. Im Ofen griffen die Flammen nach dem Papier. Erst zaghaft, dann kräftig. Fotos wölbten sich unter der Hitze, schlugen winzige Blasen und drehten sich jedes zu einer schmelzenden Kugel, die rasch zusammenfiel. Menschen, Wälder, Brücken und Berge stürzten übereinander. Sekundenschnell. Getrocknete Blüten loderten zwischen knisterndem Laub: Ahorn, Buche, Akazie. Aufbewahrt in braunen Kuverts. Postkarten, Zeichnungen, Schleifen, Skizzen und Briefmarken verschwanden ebenso wie die ungezählten Seiten eng beschriebenen Papiers. Blaue Tinte auf weißem Grund. Zeile für Zeile, Seite für Seite. Zehn mal zehn Seiten, siebzehnmal. Arno hatte die gusseisernen Einlegringe am Ofen herausgenommen und nährte die Flammen von oben mit neuem Futter. Manchmal schien das Feuer fast zu ersticken. Immer wieder musste er mit dem Schürhaken glimmende Papierbündel und Flugasche stoßen, um weitere Seiten einwerfen zu können. Gelegentlich rüttelte er den Gitterrost. Allmählich begann die Ofenplatte zu glühen. Erst hellrot, dann purpurn. Gesellschaft mit beschränkter Haft, Traditionsfirma

Roeder, München 1905, war seitlich auf einem silbernen Blechschild vermerkt. Ein Erbstück der Großmutter: Emailleherd mit Kohlenkasten, Handtuchhalter, Wasserschiff und Wärmefach. Die Klappe der Backröhre stand offen. Arno nutzte sie als Ablage für die herausgerissenen Seiten und Blätter. Leere Streichholzschachteln dazwischen: ZÜNDWARENWERK RIESA.

Beim Blick aus dem Küchenfenster sah er, dass dicke Flocken übers Haus flirrten. Einzelne schwarzgraue Flocken, die sich von dem niedrigen Himmel des Tages und den Wolken gut ablösten. Arnos Stadt stand am Ende ihrer Wege. Tausendfache Feuer hatten tausendfache Wunden hinterlassen auf hunderttausenden Dächern der Stadt. Zerfurchte, ungeschützte Schäfte ohne Abdeckung und Isolierung. Und da war das Niemandsland zwischen der einen und der anderen Stadt. Drei oder fünf Ecken weiter. Und unter der Erde – kahle unwirtliche Räume: weißgekachelte Geisterbahnhöfe mit durchfahrenden Zügen. Fades Licht – kaum beleuchtet. Straßen und Plätze waren keine Plätze und Straßen mehr. S-Bahnhöfe und Straßenbahnschienen waren Minenfeldern und Patrouillenwegen gewichen. Die Spuren der Menschen, die hier einst mit ihren Familien in schlichten Mietshäusern gelebt und die sich in ihren Schrebergärten nach und nach heimisch eingerichtet hatten, waren auf einer Breite von hundert Metern getilgt und verwischt worden. Nichts erinnerte mehr an sie.

Maßnahmeplan

Zur Verstärkung offensiver Einflußnahme und operativer Kontrolle der im OV „Strippenzieher“ erfaßten Person Arno K. ist folgende Aufgabe im Rahmen offensiver Stör- und Zersetzungsmaßnahmen zu realisieren:

Versendung mehrere anonymer Briefe und Postkarten aus der CSSR, Polen und der BRD an ausgewählte feindlich-negative Personen aus dem Umfeld der Vorgangsperson in der DDR, in welchen dieser als Spitzel und Verräter des Ministeriums für Staatssicherheit belastet wird. Diese Karten und Briefe sind stilistisch unterschiedlich abzufassen und sollen ebenso an den Vater des Teil-OV Marie-Sophie F. und an dessen Dienststelle adressiert werden.

Gestern

Arno dachte an die losgelösten Sommer seiner Kindheit. Dachte an Großmutter. Er erinnerte sich an die Bootsfahrten über den See. An die ersten Tauchversuche mit den Jungen vom Dorf. Die Jagd nach dem Drachen, der seit Jahrhunderten seinen Kopf im Schlick des Klostersees verbarg, um die frommen Gesänge der Knaben nicht ertragen zu müssen, die gekommen waren, ihn mit List zu besiegen. Arno dachte an die Spiele im Lustgarten zwischen Schlossruine und Pavillon. *Fangen* oder *Meister gib uns Arbeit auf!*, manchmal *Fischer wie tief ist dein Wasser?* Vergessene Landschaft, vergessene Spiele. Vor seinen Augen stand das weiße Zimmer von Prinzessin Augusta, das im Westflügel schemenhaft zu erkennen gewesen war. Er sah sich beim Versteckspiel mit anderen Jungs im Querhaus zwischen Arkadengängen und Mittelgang herumsausen, und er sah die an der Wand stehenden Grabplatten im Chor der Klosterkirche, die ihm Schutz boten, um unentdeckt zu bleiben von Freundesaugen. Kinderzeit war Ferienzeit. Und Ferienzeit war die Zeit bei der Großmutter, ihren Geschichten, ihren Zigarren.

Großmutter wäre nie in den Sinn gekommen, dass das Leben nicht voller Wunder und Zauber sein sollte. Gottgewollt und gottgeschenkt – eines jeden Stunde, eines jeden Tag. Schwermut kannte sie nicht. Enthaltsamkeit war ihr fremd und der Freitod – die einzige Sünde. Sie liebte das Leben und genoss es in vollen Zügen.

Als Arno noch klein war, hatte Großmutter abends bei ihm am Bett gesessen und manchmal von den wundersamen Dingen im See berichtet. Dem alten Klostersee. Von dem aufgeworfenen Erdhügel, welcher von seichtem Wasser umspült an einem flachen Wallgraben am Bach zwischen Finkenthal und Stubbendorf verborgen lag. Ein Hügel, den die Leute im Dorf, in Unkenntnis der wahren Geschichte, den Schlossberg nannten. Im Flüsterton sprach Großmutter darüber, dass sie als einzige Kenntnis davon habe, dass im Innern des Hügels Schätze versteckt lägen. Schätze, die die Seeräuber vom Kummerower See über Peene und Trebel vom fernen Holm auf den Schlossberg gehievt hätten. Vor Jahrhunderten. Hier in dieser Gegend. Unweit ihres Dorfes. Ein anderes Mal waren es Geister oder Gespenster, von denen sie hinter vorgehaltener Hand erzählte. Wenn sie neben ihm auf der Bettkante saß, spürte Arno ihren Körper. Wohlig und weich. Ihre Hüfte, ihre Brüste, ihre Wärme. An solchen Tagen durfte er später einschlafen als sonst. Oft war es draußen bereits stockdunkel geworden, wenn Großmutter mit ihren Spukgeschichten geendet hatte. Im Sommer schlug die Standuhr in der Stube zehn, bevor das Licht ausgeknipst wurde. Sie erlaubte dann, das alte Röhrenradio angeschaltet zu lassen. Der Lautstärkeregler funktionierte nicht mehr. Seit Kriegsende war er kaputt. Die Russen hatten ihn abgeschlagen – mit einem Gewehrkolben, erklärte Großmutter mit hochgezogenen Augenbrauen eines Tages. Der alte Volksempfänger funkelte mit seinem magischen Auge vertraut zum Bett herüber, und die schwarzgelbe Skala schimmerte wie ein Leuchtturm in der Nacht. Hin und wieder lauschte Arno den Geräuschen der Nacht hinterher, dem Knarren der Dielen, wenn das Haus atmete, stöhnte und ächzte wie

Großmutter zwischen Küche und Flur. In seinen Träumen begegneten ihm auch finstere Gesellen. Gestalten, wie es sie nur im Dunkeln bei der Großmutter gab. Einmal sah er den kopflosen Reiter, der vom Schlosspark kommend zur Klosterruine hinüber ritt, um über den See nach Verchen zu gelangen und dort den Gesängen der Nonnen zu lauschen. Ein anderes Mal traf er im Halbschlaf die Weiße Gestalt: ein Gespenst, das mannshoch am hölzernen Wegweiser auf der Landstraße nach Gnoien herumspukte. Dem einarmigen Wegweiser, den die Leute im Dorf seit alters her ehrfürchtig DIE HAND nannten.

Bei solchen Träumen schreckte Arno schweißnass auf. Er rief Großmutter, bis sie ins Zimmer eintrat und ihn sacht in die Wange kniff.

Heute

Die Stadt war eng, und der Mittag war da. Ostberlin. Ein Hinterhaus. Ein kleines Zimmer im Erdgeschoss. Gekalkte Wände, ein schmales Gewürzregal, ein Kohleherd, gelbe Fenstervorhänge, daneben – ein Waschbecken. Draußen – zufallende Haustüren im Flur. Dann Stille.

Fremde Gerüche schoben sich übereinander. Halbleere Schuhkartons mit Erinnerungen. Zusammengefaltete Pappen, verstreute Akten und Unterlagen, ein geöffneter Koffer. Truhen und Kisten ohne Inhalt. Hin und wieder Motten, die gegen das Licht flatterten. Die Sonne stand müde im Küchenfenster und legte sich langsam auf den Fußboden. Schwarz-weiße Fliesen, poliertes Schachbrett, Pfeffer und Salz. Vereinzelt – Papierschnipsel und Kartonreste, ... ausgerissene Haarbüschel dazwischen. Das sonore Brummen des Kühlschranks in der Stille. Arno saß in der Küche vor Geschirrregal, Tisch und Ofen, übermüdet, unrasiert, mit Haaren, die von der Asche des Kesselhauses verklebt und vom Schmutz der Kabelschächte verfilzt waren, mit Kleidern, die den Geruch von geronnenem Stahl, Schweiß und Ruß nicht leugnen konnten. Arno saß da und starrte vor sich hin – auf den Boden. Kein Aufblicken – so wurde es Mittag und Nachmittag.

Ein paarmal schloss er die Augen für einen Moment. Allmählich wurde er ruhig.

Im Ergebnis der bislang komplex durchgeführten Zersetzungsmaßnahmen ist es gegenüber dem OV „Strippenzieher“ gelungen, solche Bedingungen zu schaffen, daß

1. im gesamten Freundes- und Kollegenkreis eine Atmosphäre des Mißtrauens und der gegenseitigen Verdächtigungen innerhalb dieser Personengruppen erzeugt,
2. systematisch berufliche Mißerfolge organisiert,
3. die materielle und finanzielle Grundlage für alle selbstverlegten Aktivitäten begrenzt,
4. durch Arbeitsplatzbindung im Kesselhaus des Stahlwerks Bedingungen geschaffen wurden, die der Vorgangsperson nur begrenzt Zeit für andere Aktivitäten im Sinne der politischen Untergrundtätigkeit lassen.

Gestern

Arno hatte diese Tage und Wochen in den Ferien geliebt, wie er die Großmutter geliebt hatte. Er erinnerte sich an die Spätsommerabende, wenn die Luft vom Dunst des nahenden Gewitters erfüllt war und der Geruch brennenden Laubs über den Dächern im Dorf stand. Der Wind schmeckte dann nach reifen Äpfeln und Birnen, und die Wespen flohen ängstlich das Land.

Irgendwo in der Nachbarschaft begann leise ein Radio zu sprechen. Der dunkle Klang einer Pauke tönte als Erkennungsmelodie durchs offene Küchenfenster herüber: »... Bum, bom, bu-bu-bom – Deutscher Soldatensender – Mittelwelle 935 kHz – Wir senden täglich – bum, bom, bu-bu-bom...«. Die fremde Männerstimme, weich und sonor, ein kurzes Summen und Knacken, ein Saxophon, ein Cello, dann Stille. Propagandasender, sagte Großmutter, die tun nur so als ob, mein Junge. Zum Kirremachen, sonst nichts. Behutsam schloss sie das Fenster und zog die Gardine zu.

Arno erinnerte sich auch an die Abendstunden am Küchenherd, in Großmutters guter Stube, wenn es Saure Eier gab. Seine Lieblingsspeise. Keiner konnte das zubereiten wie sie: Prinzessin Königsgnade. Leise hörte er ihre Stimme: *Eine Handvoll Speckwürfel anbraten und mit Weißmehl verrühren, dann kriegst du eine schöne Pampe, mein Junge. Reichlich Wasser aufgießen, aber schön langsam, nach und nach – und rühren, was das Zeug hält, damit nichts klumpt. Hörst du mir zu? Ist dir das klar? Und wenn die Soße sämig wird, etwas Salz, dann Essig und Zucker zugeben. Das musst du kosten, immer wieder, bis es schmeckt. Und dann kommen die Eier. Acht bis zehn Stück kannst du nehmen. Vorsichtig reinflutschen lassen und ja nichts bewegen, damit das Eigelb heile bleibt. Nach drei Minuten rührst du um. Ganz ruhig und ganz langsam. Dazu – zwei Tonnen Kartoffelbrei – nur für dich, frisch vom Felde, wenn's geht. Das war 's. Das ist alles. Das schaffst du schon.*

Beim Warten aufs Essen hatte er manchmal auf die heiße Ofenplatte gespuckt und zugesehen, wie sich Blasen formten – wie sie eilig hinweg sprangen und schließlich zerplatzten. Ein brauner Fleck blieb zurück. Sonst nichts. Am hinteren Rande der Ofenplatte, unterm Deckel, im Steinguttopf, ertranken zur selben Zeit Wespen im Buttermilchsud. Allmählich, mit satten Flügeln – wie in Zeitlupe. Über ihnen ruhten blau-weiß-gestreifte Geschirrtücher zum Trocknen auf festgezurrten Leinen am schwarz emaillierten Ofenrohr. Und manchmal, an anderen Tagen, war er mit Blumen aus einem von Großmutters Gärten nach Hause gerannt, wenn er wieder einmal zu spät war. Wenn es Abend geworden war vor der Zeit. Großmutter war ihm sanft übers Haar gefahren, hatte ihm wortlos einen Klaps gegeben und schließlich die Blumen zum Trocknen aufgehängt. In Bündel gerafft, mit Draht zusammengezurrt – über dem alten Emailleofen. Mit Kupferdraht, *der leitet die Wärme ab.* Großmutters Blumen waren haltbare Blumen. Trockenblumen mit Blütenblättern wie Papyrus oder Papier. Weiß-gelb, manchmal ocker-orange. Später im Jahr wurden sie zu Kränzen geformt oder zu Sträußen gebunden. Vergangene Farben des Sommers, die auch im Winter nicht welkten – aufbewahrt für alle Zeit. Unsterbliche Blumen.

Winterzeit war Strohblumenzeit. Für Großmutter und für ihn.

Heute

Aus der Entwicklung, dem Auftreten und dem Verhalten des OV „Strippenzieher" wird sichtbar, daß sich seine feindlich-negative Einstellung seit 1968 verfestigt hat. Gegenwärtig entwickelt er verdeckte Aktivitäten unter dem Deckmantel der Kirche in Form von Kunst- und Literaturkreisen. Dies zeigt sich besonders in den verfaßten Schriften und Gedichten, die er zu veröffentlichen versucht, in den konspirativen Treffen mit westlichen Staatsbügern, unter Umgehung der Meldepflicht, in der Vorbereitung einer Anthologie, die im Operationsgebiet sowie in Frankreich mit Texten von ihm erscheinen soll.
Die im September 1976 bereits bestätigte Hausdurchsuchung konnte aus operativ-taktischen Gründen nicht durchgeführt werden, da die Gefahr bestand, daß Informationen über einen Fremdkunder aus Hamburg in westliche Medien gelangten (SPIEGEL / OPK Morgenland).
Ausgehend von diesem operativen Sachstand, ergeben sich folgende Maßnahmen:

Die Persönlichkeit der OV-Person wird mittels Gerüchten und Legenden weiter verunsichert (Hausdurchsuchungen, Verhaftung, Ausbürgerung etc.), ohne daß tatsächlich irgendetwas unternommen wird, was öffentlichkeitswirksam von der Vorgangsperson mißbraucht werden könnte (westliche Medien).
Der Teil-OV Marie-Sophie F. unterliegt ab sofort einer Einreisesperre unserer Koordinierungsgruppe. Dies wurde durch die HVA bestätigt.
Postkontrolle, Maßnahme M und Abhörmaßnahmen 26 A und B sind ebenso wie die Arbeitsplatzbindung und der Stadtarrest konsequent gegen die Zielperson aufrecht zu erhalten.
Der Einsatz vorhandener IM wird genutzt, um das Persönlichkeitsbild der Vorgangsperson weiter aufzuklären, die Verbindungen und deren Charakter zu Freunden und Bekannten zu entschlüsseln und feindliche Handlungen vorbeugend zu verhindern.
Mit dem IM „Delilah" wird ständiger Einfluß auf die Zielperson ausgeübt, um so zu erreichen, daß vom OV keine „spontan" feindlichen Aktivitäten mit Öffentlichkeitswirksamkeit begangen werden können.

Arno wehrte sich nicht mehr. Es war vorbei. Er konnte nicht mehr mit sich leben. Er hatte sich fallen lassen. Endlos fallen lassen während der quälenden Gespräche, die andauerten seit Monaten und die kein Ende zu nehmen drohten. Nicht heute noch morgen.

Morgen

Auf dem Rücksitz klappert mein Koffer. Blusen, Röcke und Leggins liegen begraben unter Stiefeln und Schals. Bücher und Thermoskanne hüpfen im Takt von Straße und Motor. Es scheppert ordentlich in Mutters alter ENTE. *2 CV rouge – sans retouche.* Achtunddreißig Jahre lasten auf ihrem Blech. Fast vierhundertfünfzigtausend Kilometer, zwei Motoren, drei Getriebe und zwei Lackierungen hat sie überstanden, die kleine FRANCE, Mutters Liebling. Hier und da eine Schramme, neue Scharniere für die Klappfenster – nichts Ernsthaftes.

Zu Hause hatte ich Zahnbürste, Cremes und Sprays eilig in Einkaufstüten gestopft und bin losgefahren. Jetzt liegt alles durcheinander. Der Mantel – neben mir auf dem Beifahrersitz, obenauf der Brief mit Adresse und Anfahrt.

Als der Rundfunksprecher im Radio vom Tod der Mater dolorosa der DDR spricht, von den Angepassten, den Aufrechten und den Kritischen, rufe ich Mutter von einer Raststätte aus an. Mutter schweigt. Dann sagt sie leise: »Jetzt ist auch das vergangen«.

Es ist ein lauer Dezembertag, die Sonne strahlt blau und drückt etwas Kälte nach unten. Am vergangenen Donnerstag, als Christa T. mit 82 Jahren starb, war es noch frühlingshaft warm gewesen in Deutschland und ganz Europa. An diesem Tag kam der Brief. Der Brief der Behörde.

Ich bin unterwegs nach Berlin. In den Ostteil der Stadt, um genau zu sein, auch wenn das für die meisten keine Rolle mehr spielt. Die kleine FRANCE rollt brav vor sich hin. Ihr Motor schnurrt, nur die Heizung spinnt. Drei Grad über Null. Akteneinsicht – Vaters Dossier. Vor vier Tagen fand Mutter das Schreiben im Postkasten. Die *Einladung* mit dem Bundesadler in der Kopfzeile, der Absender getrennt in *Dienstgebäude, Hausanschrift* und *Postfach*, rechts der Name des Sachbearbeiters, darunter das Datum und links die fettgedruckte Betreffzeile: *Verwendung personenbezogener Unterlagen zu Arno K., geboren am…*

Alles ist präzise formuliert, im Ton neutral. Wir könnten jetzt kommen, heißt es im unteren Absatz, die Unterlagen seien gesichtet, chronologisch geordnet und vorbereitet, vorbereitet für uns. *Mit freundlichen Grüßen…*

Jahre haben wir gewartet, Mutter und ich. Ich und Mutter. Ohne ein Zeichen. Nur die Eingangsbestätigung mit der Tagebuchnummer und dem Hinweis, dass es dauern könne. Wochen später dann die Nachricht, dass erste Hinweise gefunden seien und dass auch dies dauern werde.

»Mit dem Tod von Christa T. geht eine Epoche zu Ende«, sagt der Sprecher im Radio, während ich für einen Moment zu einem anderen Sender umschalten will, um mehr Hintergrundinformationen zu bekommen. Zwischen den Passagen spielt Hélène Grimaud die Sonate No. 2 von Chopin. Mehr als drei Minuten schwebt ihr Piano sehnsüchtig verloren über der Autobahn. Blaue Schilder, weiße Schrift. Endlos gezogene Streifen begleiten uns, gesäumt vom Grün der Fichten und Tannen rechts und links der Fahrbahn. Dann fällt mir ein, dass die Pianistin Tonarten als Farben sehen könne. Irgendwer schrieb darüber. Blau ist D-Moll, und G-Dur sieht sie grün.

Vaters Stimme hätte weiße Töne.

Ein sanftes Weiß, nur für mich, das ich noch immer nicht hören kann.

Heute

Die Vorgangsperson steht bereits seit Beginn der Disziplinierungs- und Zersetzungsmaßnahmen in psychiatrischer Behandlung. Während der Aussprachen und Befragungen (bisher 156) verhält er sich passiv und erweckt den Eindruck eines Phlegmatikers. Für die Gewinnung der Zielperson zur Zusammenarbeit gab es keinerlei Ansatzpunkte. Die OV-Person schweigt und zieht sich aus der Öffentlichkeit völlig zurück. Es kann eingeschätzt werden, daß die Zersetzungsmaßnahmen Wirkung zeigen. Durch die Maßnahmen der Abteilung 26 konnte herausgearbeitet werden, daß sich die Person umstellt und beobachtet fühlt. Die Intensität der Maßnahmen ist daher um ein Vielfaches zu erhöhen.

Kontinuierlich hatte sein Leben in dieses Schweigen geführt. Ohne dass Arno es merkte. Satz für Satz – unausweichlich. Irgendwann aber war es ihm aufgefallen, war er wachsam geworden bei den Gesprächen. Den Fragen, den Anhörungen und den

Vorladungen. Wachsam gegen alles, was ihn zu halten suchte. Ihn mit Worten umzingelte. Er beobachtete und hörte genau, aber er sprach kaum noch. Zu keinem ein Wort. Kein Morgengruß im Duschraum, kein Trost über den Tag und kein Wunsch auf dem Weg zur Arbeit ins alte Kesselhaus des Stahlwerks. Selbst die sanfte Ruhe der Nacht blieb grußlos wie der Morgen danach. Tag und Nacht wechselten wie seine Träume, die er allein für sich festhielt. Sie wieder und wieder repetierte. Nach dem Schlaf den wolkendunklen Himmel oder den frischen Schnee zu registrieren, tat gut. Und nichts davon erklären zu müssen – noch mehr. Das war ihm geblieben. Diese einfachen Dinge – allein, nur für sich. Unverstellt klar.

Er berichtete nicht mehr vom prasselnden Regen im Frühjahr, nicht von der flirrenden Sommerhitze über der Stadt und auch nicht vom beißenden Frost, der die Scheiben der Fenster über die Winter festhielt und kittete, bis die ersten Strahlen der Sonne sie berührten, so dass sie im Wind zu klirren begannen wie im Frühjahr zuvor. Nur so glaubte er, sich frei zu machen von den fremden Worten. Es lohnte nicht mehr, nach dem Wie geht's? zu fragen. Und auch das Wohin? und das Woher? waren ohne Bedeutung geworden. Das Alltägliche war ihm in einer Art und Weise genommen worden, die zu benennen ihm nicht mehr möglich war. Er fühlte es nur, wie er den schneidenden Novemberwind auf der Haut spürte. Im Gesicht und auf den Händen. Wie die Haut spröde wurde und an den Fingernägeln riss. Klaffende Wunden. Gegerbte Hautfetzen. Täglich – über die Wochen und Monate hinweg spürte er die Kälte in sich und schwieg. Schwieg auch dort, wo Antwort zu geben erwartet oder verlangt wurde. Zu Haus oder anderswo. Früher – bei seiner Frau Jutta, den Nachbarn und Freunden; heute – bei den Kollegen in der Fabrik. Stumm wie ein Fisch, hieß es irgendwann. Ein glitschiger, unhandlicher Fisch. Schuppig, schlierig – nicht greifbar. Er lebte durchs Sehen und Hören. Misstrauen und Argwohn schlugen ihm mitunter entgegen, in der Arbeit und während der Vorladungen. Nur manchmal – mitleidiges Bedauern.

Unter Legende wurden vom 19. bis 26. November 1979 mit der Ehefrau des OV „Strippenzieher" mehrere Aussprachen durchgeführt. Die von unserer Diensteinheit vorbereiteten und über zwei IM in Schlüsselposition umgesetzten Aussprachen fanden getarnt in der Abteilung Kultur des Rates der Stadt statt. Es kann eingeschätzt werden, daß die Ehefrau Jutta K. dazu gewonnen werden konnte, erzieherisch auf die OV-Person einzuwirken, damit diese nicht straffällig wird. Dabei blieb unsere Einheit für die Ehefrau nicht erkennbar. Ihr und der Familie wurden über Kräfte der Abteilung Kultur (IM „Nietzsche", IM „Rose") strafrechtliche Konsequenzen angedroht, wenn sie keinen positiven Einfluß auf die Zielperson nehme.

Morgen

Im Radio jammert Neil Young. Ich kenne den Song von Mutters Plattensammlung. »Helpless« heißt der Titel. Ein stilles, melancholisches Lied. Das Album: After the Goldrush. Grau-schwarzes Faltcover. Ein junger Hippie und eine zahnlose Alte auf dem Frontfoto. Bei Mutter knackt es am Anfang – hier im Radio klingt es sauber. Fast steril.

Dann spricht erneut der Experte: Christa T. habe »sich an die inneren Grenzlinien herangearbeitet«, betont er, »Stück für Stück«, und man könne ihr Werk als ein »Kompendium der nachkriegsdeutschen Krisen« lesen. »Ja durchaus ...«, entgegnet der Moderator der Sendung zögerlich, »aber sie hat ihr Land dennoch geliebt, bis zum Schluss, irgendwie, trotz Krisen und allem, und sie ist ihm stets treu geblieben – ein Leben lang.«

Als ich gestern Morgen aus dem Haus ging, hatte Mutter gesagt: »Überstürzt wie immer. Du kannst es nicht lassen. Erst nicht aus den Federn kommen und plötzlich alles auf dem letzten Moment. *Rien ne sert de courir il faut partir à point*«. Dann legte sie mir ihre Hand auf den Arm, um mich wortlos zu bitten aufzupassen, die lange Stecke vorsichtig zu fahren. In diesem Moment sah sie das randvoll gestopfte Auto. Klein FRANCE – ihren Liebling. Unverständnis zog über ihr Gesicht. »*Les gouts et les couleurs ne se discutent pas*«, sagte sie kopfschüttelnd. Später fügte sie mit leicht vorwurfsvollem Unterton hinzu: »Wie das nur wieder aussieht, typisch meine Tochter, wie bei den Zigeunern«.

Seit langem ahnte ich, dass Mutter all die vielen Jahre die Erinnerung an Vater eingezäunt haben musste. Fest verschlossen – irgendwo. Sie erfand merkwürdige Ersatzrituale: Champagner zum Jahrestag des Élysée-Vertrags. Feuerwerksraketen am neunten November. Ausflüge in die Umgebung mit Picknick und Deutschland-Fähnchen zu Vaters Geburtstag. Ich erinnere mich, dass ich mich als Jugendliche dafür schämte, entsetzlich schämte und dass ich irgendwann aufgehört habe, nach Vater zu fragen. Und Mutter hatte daraufhin aufgehört, von ihm zu erzählen. So wussten wir beide nicht, was in uns kämpfte, mit wem wir in unseren Träumen rangen, was uns wirklich beschäftigte. Wer uns fehlte. Spätestens seit dieser Zeit trug sie einen Schutzschild aus Granit oder Marmor in sich. Unsichtbar – für fremde Augen. Und dennoch war sie oft überschwemmt von einer sanften Traurigkeit, wenn im Fernsehen Bilder aus Leipzig, Dresden oder Berlin gezeigt wurden, wenn das Radio von St. Nikolai und den Demonstranten auf dem Augustusplatz berichtete. Heute weiß ich, dass sie viel zu lange versucht hat, die Vergangenheit zu vergessen. Und jetzt, jetzt kam die Vergangenheit zu ihr zurück. Weit in den Süden. Von Deutschland nach Frankreich – zu uns ins Haus. Nach Avignon. Der Brief mit der *Einladung* und dem Bundesadler in der Kopfzeile: Erfasst seit 1968, hieß es im zweiten Absatz des Schreibens. Mehr als dreieinhalbtausend Seiten seien gefunden worden. Zu Vater. Zu Mutter. Zu mir. Materialien über mehr als zwölf Jahre. Sie galt es zu sichten. Und Mutter war mit dem Brief von einem Tag auf den anderen den vergessen geglaubten Gefühlen preisgegeben. Kurz vor der Abfahrt fragte ich nochmals, ob sie nicht doch mitkommen wolle. Jetzt, mit mir, in diesem Moment?

»Nein, nein, lass mal«, entgegnet sie leise. »Mach du mal. Ich bin nicht so weit. Du machst das schon. Tu es für uns.«

Als ich das Auto zwei Stunden später auf die Départementale Richtung Valence steuere, frage ich mich, ob es für Mutter nicht längst an der Zeit ist, den Tatsachen ins Auge zu schauen, zurück zu blicken, auch wenn sie möglicherweise zu viel gesehen hatte. Sie war über ihr Schweigen nur unglücklich geworden. Das wusste ich. Und sie wusste es ebenso.

Heute

Seit Arno schwieg, glaubte er, mehr zu sehen und mehr zu hören als die anderen. Nach und nach war in ihm die Erkenntnis gereift, dass er keineswegs stumm war, wenn er schwieg. Blind oder taub, abgestumpft oder machtlos. Er schöpfte eine Kraft aus seinem Schweigen, und er genoss seine Stille, die sein Gegenüber irritierte, mindestens aber befremdete. Es war fast, als würde er durch die Flut der Bilder und Töne belohnt für sein Schweigen. Immer wieder wehrte er sich gegen die Versuche, ihn zur Aufgabe, zum Antworten zu bewegen. Nicht durch Freundlichkeit noch durch Lob und erst recht nicht durch Häme oder Provokation ließ er sich verleiten, den Fragen zu nahe zu kommen, die die Gefahr in sich bargen, sich in ein Gespräch über sein früheres Leben zu begeben. In altes Fahrwasser zu geraten. Er verstummte in solcher Konsequenz, dass er es schließlich nicht mehr schaffte, die Mauer der Stille einzureißen und für Sätze und Fragen mit schalen Verheißungen und immer gleichen Andeutungen offen zu sein. Geraune, Gerüchte, Gesabber. Aber er hatte dennoch die Sprache nicht verloren. Er behielt sie in sich. Hinter der Stille. Jedes einzelne Wort. Für ein Später. Ein Irgendwann. Er wusste, ein Zurück gab es nicht. Er wollte nur noch fort von dem, der er einmal gewesen war. Nur so, dachte er, würde ihn niemand mehr zurückholen. Alle früheren Antworten wären nichtig – alle kommenden Fragen getilgt.

Die Bearbeitung der OV-Person erfolgt weiterhin wegen des dringenden Tatverdachts politischer Untergrundarbeit (PUT). In seinem schriftstellerischen Bemühen ist er auf Grund gezielter koordinierter Maßnahmen zur Untätigkeit gezwungen, da weder Verlage noch Zeitschriften seine Texte entgegennehmen. Seit Beginn der OV-Bearbeitung im August 1974 wurden sechs IM geworben und vier vorhandene IM aus dem Umfeld des Freundes- und Kollegenkreises bei der Zielperson zum Einsatz gebracht. Hierdurch und auf Grund der Überwachungsmaßnahmen der Abteilung VIII und 26 Maßnahme „M“ und „B“ ist ein ständiger Informationsfluß gewährleistet. Die Vorgangsperson ist zudem durch Maßnahmen „Stadtarrest“ und „Arbeitsplatzbindung“ gebunden und kann sich außerhalb unserer Kontrolle nicht mehr bewegen.

Morgen

Noch 120 Kilometer zeigt mir das Navigationssystem, »dann haben Sie ihr Ziel erreicht«. Eineinhalb Stunden, denke ich, ich werde zeitig eintreffen. Viel zu zeitig. Aber ich kann warten. Irgendwo im Café.

Ich fahre über die Bundesautobahn von Frankfurt in Richtung Nordosten. Lyon und Basel liegen hinter mir. Fast eintausendfünfhundert Kilometer sind es von Avignon bis Berlin. Früher fuhr ich die Strecke öfters. Ich sehe die Landschaft an mir vorbeiziehen, das alte Chemiedreieck Leuna, Buna, Bitterfeld, dann Delitzsch, Wolfen, Dessau, den leicht blau verhangenen Himmel, und ich denke, dass ich mehr als zehn Jahre nicht hier in der Gegend gewesen bin. Seit dem Studium an der Humboldt. Drei Semester Politik und Philosophie. Ende der neunziger Jahre. Damals war ich nach Berlin gekommen, um in der Stadt zu studieren, in der Vater einst lebte. Nach Jahren des Schweigens suchte ich seine Nähe. Wollte ihn finden auf seinem Terrain.

Wie schwierig es ist, sich mit dem Innenleben eines Fremden vertraut zu machen, den eigenen Vater kennenzulernen über andere, von seinen Gefühlen und Ängsten durch Dritte zu hören, war mir nicht klar. Damals noch nicht. Ich kannte ihn von Bildern. Schwarzweißfotos mit oder ohne Büttenrand. Einige POLAROIDS von Mutter. Kannte ihn von Erzählungen, kannte ein paar seiner Texte und einige Briefe.

Als Kind fand ich es gespenstisch, ein Phantom zum Vater zu haben. Fern von uns, aufgewachsen mit einer anderen Sprache, im Osten, in einem fremden Land. Und dann noch ein *tête de boche*. Für mich hieß der Ort, an dem er lebte, Tschernobyl, auch wenn die Stadt offiziell Berlin genannt werden sollte. In der Schule, im Radio oder im Fernseher sprachen sie von Berlin. Einmal von Westberlin und ein anderes Mal von Ostberlin. Und zwischen dem einen und dem anderen Berlin stand die Mauer. Und dort wurde geschossen. In meinen Vorstellungen waren Berlin und die Grenze eins. Stadt und Land zerschnitten von oben nach unten. Geteilt in zwei gleiche Hälften. Und im Osten fuhren unentwegt Panzer. Marschierten Polizisten und Soldaten. Dass Berlin eine ummauerte Enklave tief im Osten des Landes war, erfuhr ich erst Jahre später. Da war die Mauer längst gefallen.

In meiner Kindheitserinnerung war für mich deshalb alles, was jenseits dieser Mauer lag, einfach Moskau – und später Tschernobyl. Verstrahltes Gelände. Vermint oder verdorrt. Unbetretbar in jedem Fall. Freiwillig ging da keiner hin. Und freiwillig lernte niemand eine solche Sprache sprechen. Ich misstraute der Sprache, mit ihren kyrillischen Lettern, die fremden Hieroglyphen glichen, denn in meiner Vorstellung war Vater gezwungen, in seinem Tschernobyl Russisch zu sprechen.

Von ihm wusste ich jedenfalls nichts Genaues. Arno K., Jahrgang 1950, ein Hineingeborener – in seinem Land. Knapp ein Jahr nach Staatsgründung. Ein Staat, der vorgab, stets das Gute zu wollen… Aufgewachsen war er in Berlin und in Mecklenburg. Schule und Ausbildung im Osten. Mehr war nicht bekannt. Ich wusste nichts von Großvater, der als Bäcker und Konditor in den späten Sechzigern einfach enteignet worden war, nichts von

Vaters Bruder, der wegen Fahnenflucht und Fluchtversuch im schweren Fall verurteilt worden und aus der Haft nicht mehr nach Hause gekommen war. Und ich kannte auch die Geschichten nicht, wie Mutter und Vater sich kennengelernt hatten. Morgens im Café, bei Pelle in der Oranienburger. Berlin MITTE. Anfang der Siebziger.

Zu Hause standen Kartons. Kartons mit vergilbter Post und aufgeklebten Briefmarken. Muskelprotzige Männer mit Werkzeugen in den Händen, zu deren Füßen barbusige Mütter mit nackten Kindlein im Schoß saßen. Vaters Briefe an Mutter. Einzeln durchnummeriert. Sie blieben unklar und unverständlich, als ich sie mit vierzehn ins Französische zu übertragen versuchte. Alles war vage. In Metaphern und Andeutungen versteckt. Ich begriff ihn nicht. Was wollte er sagen? In welcher Sprache sprach er? *Un chat est un chat et un chien est un chien.* Eine Katze ist eine Katze und ein Hund ist ein Hund. Alles lag auf der Hand. Warum schrieb er das nicht? War Vater feige?

In meiner Schulzeit fragte ich mich manchmal, wie er wohl wirklich war? Liebevoll oder spröde? Kleinlich oder großzügig? Konsequent oder stur? Ich hatte keine Ahnung von ihm, ich spürte nur Mutters Liebe, über die Jahre hinweg. Vater blieb immer Vater, und Arno blieb immer Arno. Jacques, Vincent oder Jean-Pierre hingegen blieben Ersatz. Ersatzliebhaber und Ersatzvater. Und sie waren grundsätzlich anstrengend. Für mich und für Mutter. Schrecklich anstrengend. Mein halbes Leben lang. *Geh sorgsam mit den Schulsachen um. Mach deine Garderobe nicht schmutzig. Zieh die Schuhe draußen aus. Lass dich nicht von Fremden ansprechen. Immer schön aufessen. Weißt du, was das kostet? Sparen lohnt sich. Pass bloß aufs Geld auf. Lass die Finger von dem Kerl. Studiere lieber was Richtiges. Wann willst du eigentlich heiraten? …* und so weiter und so fort.

Heute

Nach und nach wurde Arno ruhig. Allmählich ruhig. Er sah seine Stadt wie neu. Der Herbst war unerwartet übers Land gekommen und besetzte es. Der Regen half zu vergessen und der erste Frost hielt Wiesen und Äcker fest in seinen Klauen. Die Kälte bewahrte vor alten Erinnerungen wie vor neuen Gedanken oder Ideen.

Sein Schweigen hatte im Reden begonnen.

Seit Wochen war Arno in diesem Haus. FUCHSKLAMM – NERVENKLINIK. Eingewiesen vom Facharzt, seinem Freund aus Kindertagen. Zum eigenen Wohl, wie es hieß, um ihn zu schützen, vor sich – und seinem Wahn.

Sie kannten sich seit einem Vierteljahrhundert. Er, der Große, mit Hauptstadterfahrung, der Freund, der Kleine – aufgewachsen in der Provinz. Vor Arnos Augen standen blasse, unsichere Gesichtszüge mit hellwachen, aber dunklen Augen. Stadtkind bleibt Stadtkind und Dorfkind ist Dorfkind. Ferienzeit in Dargun – auf dem Hofe der Großmutter. Im Schatten der Wälder und aus dem Dunkel der Klosterruine heraus hatten sie einander kennengelernt. Langsam, behutsam, Schritt für Schritt. Fangen oder Verstecken, Räuber und Gendarm. Einfache Kinderspiele zwischen Mooren, Söllen und Seen. Eene, meene miste, es rappelt in der Kiste, eene meene meck, und du bist weg. Weg bist du noch lange nicht, sag mir erst, wie alt du bist. Eins, zwei, drei, vier, fünf, sechs, sieben, acht, neun, zehn ... Eene meene muh, und raus bist du. Blau-weiße Geschirrtücher zu Flaggen und Standarten verwandelt. Mutprobe. Bemooste Arkadengänge bis zum Westturm der alten Ruine, halbzerfallen – mit herunterhängender Säulenlaterne. Eingesunkene Kellergewölbe, Absperrgitter davor. Der Blick ins Dunkel. Ins Ungewisse. BETRETEN VERBOTEN! EINSTURZGEFAHR! ELTERN HAFTEN FÜR IHRE KINDER. Eine Sandsteintreppe sackte ins Bodenlose. Ein rostiges Geländer mit rissigem Handlauf ... seine Finger umklammern des Freundes Arm. Das Pulsieren im Kopf, im Arm reißender Schmerz. Der Kleine zog den Großen nach oben. Wortlos. Wie Freunde. Wie richtige Freunde. Wie im Kino.

Bericht über die konspirative Wohnungsdurchsuchung zum OV „Strippenzieher"

Am 05.01.1980 wurde in der Zeit von 9:15 Uhr bis 12:30 Uhr entsprechend einem vom Leiter der HA XX/4 bestätigten Sicherheitsplan die Erdgeschoßwohnung der Vorgangsperson durch Mitarbeiter unserer Diensteinheit konspirativ durchsucht. Die Absicherung des „Strippenziehers" sowie seiner Nachbarn erfolgte durch den IMB „Paulus" und insgesamt acht Mitarbeiter der operativen Einsatzgruppe (EG). Nachdem Oberleutnant R. mittels Sperrzeug das Buntbartschloß der Korridortür geöffnet hatte, betraten vier Mitarbeiter der Einsatzgruppe die Wohnung und stellten zum IMK die Sprechfunkverbindung her. Abgesichert wurden sie in dieser Zeit durch Unterleutnant F. mit seiner Diensteinheit sowie - unter Legende - von Genossen der Volkspolizei (VP-KA). Oberleutnant R. begann daraufhin mit der Installation der Maßnahme „B", während die anderen Mitarbeiter alle Räume, Schränke und Behältnisse durchsuchten. Nach gründlicher Prüfung, ob keine Spuren der Einsatzgruppe zurückgelassen wurden, konnte die Wohnung der OV-Person unter Absicherung der Einsatzkräfte gegen 12:30 Uhr wieder verlassen werden.

Morgen

Wieder ein paar Takte Musik: Keith Jarrett, The Köln Concert. Doppel LP, weißes Cover – zu Hause, bei uns im Plattenschrank. Bereits an den ersten fünf Anschlägen erkenne ich das Stück. Part One of the Concert. Im Januar 1975 ist es eingespielt worden. Das Piano greift zaghaft an mein Herz. Ich kann mich nicht wehren, Sehnsucht kommt auf, allmählich bekomme ich Frisson – am Hals und auf den Armen. Nach etwa zehn Minuten wird ausgeblendet und erneut zu einer der Sondersendungen übergeleitet. Seit Stunden geht das jetzt so. Während der gesamten Fahrt – auf allen Radiostationen. Den deutschen zumindest. Ein wenig Klassik und Chanson, Singer-Songwriter, Pop und Folk. Gedämpfte Musik – ernsthafte Sprecher: Christa T. – Ein deutsches Leben.

Einmal fingere ich auf freier Strecke nach der Thermoskanne zwischen meinen Füßen. Mehrmals rollt sie unter den Sitz, rollt hin und her, endlich kann ich sie greifen. Im Becher dampft grüner Jasmintee, während die Landschaft vorwinterlich an mir vorbeirauscht. Es ist kalt in FRANCE. Draußen erinnert nichts an die bevorstehenden Feiertage. Zum Glück, denke ich mir, nicht schon wieder Weihnachten.

Baustellen begrenzen die Geschwindigkeit. Tempo sechzig. Das Navigationssystem sagt mir: noch zweiundachtzig Kilometer bis zur Behörde. Mutters roter Liebling holpert über Absätze, Schwellen und Fugen. Fast zehn Kilometer werde ich durchgerüttelt, dann wird es besser. Die Abschrift eines Kunze-Gedichts steht mir plötzlich vor Augen. EINLADUNG ZUR TASSE JASMINTEE. Vaters gemalte Handschrift auf blauem Büttenpapier in einem der Briefe an Mutter. Ein später Brief, einer der letzten, der durchkam.

Dann lausche ich wieder dem Radio.

»Sie konnte abweisend und unnahbar sein«, sagt einer der Experten auf die Frage des Moderators, wie Christa T. denn nun wirklich gewesen sei. »Abweisend zu westlichen Journalisten«, betont er immer und immer wieder und erzählt von sich und wie ihm Unrecht getan worden sei von ihr mit den stets abgelehnten Anfragen fürs Interview. Gekränkte Eitelkeit, denke ich mir, nein schlimmer noch: gekränkte männliche Eitelkeit, während ich den beiden im Studio zuhöre. Sie philosophieren über die Nationalpreisträgerin Christa T. und diskutieren darüber, wie nah sie dem Nobelpreis für Literatur tatsächlich gekommen sein könnte.

Der Brief der Behörde hat uns verändert. Seit Tagen haben Mutter und ich viel von Vater erzählt. Fotos und Briefe sortiert. Die alten Schallplatten aufgelegt; seine und ihre Musik gehört. RENFT und GAINSBOURG, PANTA RHEI und REGGIANI, KLOSTERBRÜDER und FERRAT. Nach und nach merkte ich, dass Mutter noch immer von mächtigen Erinnerungen bestimmt wird. Erinnerungen, die sie in den vergangenen Jahrzehnten vor mir weggeschlossen haben muss. Jetzt waren die Riegel zerbrochen. Die Tür stand offen. Abend für Abend kamen die Bilder zurück. Mutter begann, Geschichten zu erzählen. Und diesmal wollte ich sie hören. Mit ihr die Bilder sehen. Die schmerzvollen, die lustigen und die schönen. Manchmal erzählte Mutter von Vaters Kindheit. Winzige Anekdoten, mit denen Großmutter ihn aufgezogen hatte, wenn beide gemeinsam in Mecklenburg zu Besuch waren. Im Alter von zweieinhalb Jahren sei Vater an einem Sonntagmorgen in einem der beiden Schaufenster der Bäckerei gesessen. In seinem Kiez, tief im Osten Berlins. Sitzend auf kleinen Podesten zwischen ausgestellten Kremtorten und fein dekorierten Kuchen. Zwischen Zuckerstreuseln, Zimtstangen und Zitronenglasur. Seelenruhig habe er über mehrere Stunden hinweg den Spaziergängern vor dem Laden zugesehen, die frühmorgendlich zum Gottesdienst eilten, während sein Vater *bis in die Puppen* schlief. Durch stürmisches Klopfen und Klingeln seien am späten Vormittag alle im elterlichen Wohnhaus geweckt worden, als aufgebrachte Kirchgänger einen Polizisten verständigt hatten, weil in einem der Schaufenster ein Junge schlief. Splitternackt – die Zehen zwischen Pudding und Baissier vergraben. Arme, Bauch und Po mit Kakao-Buttercreme bedeckt. Haupt und Haar auf Schlagsahnekissen gebettet; die Finger in Schokoküsse gepuhlt. Am Vorabend hatte der Vater beim Schrubben und Wienern der Backstube erlaubt, beschädigte Schokoküsse dürften gegessen werden, da sie ohnedies nicht mehr zum Verkauf stünden. Beiläufig hatte er das gesagt, ohne lang nachzudenken. Arno hatte am Sonntagmorgen lediglich dafür gesorgt, dass für den Bruder und für ihn ein gut überschaubarer Wochenvorrat geschaffen worden war. Dass die Schokoküsse auf Etageren im Schaufenster ausgestellt waren, störte ihn bei der Arbeit nicht. Winzige Löcher in der Größe eines Kinderzeigefingers zierten die Schokoküsse. Ausnahmslos alle waren beschädigt. Konnten nicht mehr verkauft werden.

Heute

Hier in der Klinik hatte sich die Vorstellung in ihm eingenistet, Decken und Wände hätten Augen und Ohren. Selbst das Wasser sah und hörte mit, glaubte Arno. Nur in Stößen kam es aus der Leitung. Und wenn es kam, dann stieß es mit einem dumpfen Schrei aus Dusche und Wasserhahn oder verdampfte keuchend im Raum. Weiße Kachelwände, scheppernde Gittertüren. Seltsame Schatten huschten über blanke Böden. Türschlösser kratzten hinterm Schrank, vorgeschobene Riegel im Flur. Allein sein Freund verstand ihn, glaubte Arno.

Langsam formten sich Tage zu Wochen und Monaten. Das Jahr verging wie im Fluge. An manchen Tagen aber stand die Angst im Zimmer. Stand da und bewegte sich nicht. Wenn er an diesen Tagen sein Leben nicht aushielt, suchte er nach Erinnerungen, die in Schränken und Schubkästen verwahrt waren. Sicher verwahrt. Ein jeder Monat in einem anderen Schrank, in einem anderen Kasten. Auf Bügeln und Haken nach Größe sortiert. Fein säuberlich zusammengelegt, gefaltet und gestrafft. Die verblassten und alten oder die jungen und frischen, lose oder manchmal geordnet. Dann schrieb er alles, was er in seinen Träumen fand, aufs blaue Papier. Hellblaue seidene Bögen, die ihm der Freund aus dem Keller des Klosterturms anvertraut haben mochte und die sich in den Nächten ausbreiteten vor ihm auf Kissen und Bett, Tisch und Stühlen. Und dann las er die Seiten, und er las sie wieder und wieder, bis er glaubte, den verlorenen Klang seiner Worte im Kopf zu hören, um in diesem Moment die Bögen dann doch wieder zu zerreißen, denn auch die blauen Seiten halfen nicht. Er saß dann und starrte ins Leere. An der Schranktür der fleckige Spiegel mit dem Antlitz eines Fremden. Er wollte nicht mehr. Und wenn er noch fähig gewesen wäre, an Freundschaft oder Liebe zu glauben, und er selbst seinen Freunden noch einmal gegenübertreten könnte, dann würde er sie bitten, aus seinen Träumen zu fliehen. Wegzulaufen von den blauen Seiten. Fort aus den Schubfächern seines verlassenen Lebens.

Durch den IMB „Paulus" wurde bekannt, daß die OV-Person Verhaltensweisen zeigt, die vergleichbar sind mit Verfolgungswahn durch unser Organ. Gegenüber Kollegen, Freunden und Bekannten entwikkelt er zunehmend ein ungesundes Mißtrauen. Über den Psychiater und den Kreisarzt des Verantwortungsbereiches ist zudem zu klären, ob Unterlagen vom Vater und Bruder des „Stippenzieher" zu deren Selbstmorden vorliegen. Nach Auswertung und Abschluß ist die Vorführung der Vorgangsperson zum Psychiater (Stadtroda) zu prüfen und die stationäre Einweisung vorzubereiten. Bis dahin ist unter Legende weiterhin dämpfendes Neuroleptikum durch den Hausarzt zu verabreichen.

Morgen

Noch fünfzehn Kilometer bis zur Behörde. Auf der AVUS ist das Ortschild Berlin längst passiert, und ich habe ein seltsam fremdes Gefühl. Eine Art Unwohlsein, wie ich es seit Jahren nicht kenne. Vor Klausuren war mir manchmal ähnlich flau, früher, in der Schulzeit – oder im Studium, wenn Prüfungen oder Wettkämpfe anstanden. Der Dreitausendmeterlauf im Lycée – gegen die beste Freundin, der Sprung vom Fünfmeterbrett im Schwimmbad, wenn alle zusahen. Jahre ist das her. Allmählich aber wird mir klar, dass ich heute Antworten finden könnte. Antworten, auf die ich seit frühester Kindheit warte. Nicht eins zu eins die reine Wahrheit, das ist klar; aber Antworten zu Vater und Mutter. Und vielleicht auch zu mir. Angst steigt in mir auf, einen ganz und gar Fremden zu finden zwischen all den vergilbten Aktendeckeln – auf dreieinhalbtausend Seiten. Nichts zu verstehen von seinem Leben – fern von uns, von Mutter und mir, damals in der anderen Zeit, in der anderen Welt. Vielleicht wollte er uns einfach nicht? Hatte sich eingerichtet – mit einer fremden Frau? Sein Verschwinden, sein Schweigen – nur Täuschung, nur Theater? Alles nur Worte? Manchmal war es schwer auszuhalten, mit den Zweifeln zu leben. Wie oft hatte ich mir diese Fragen gestellt. Warum hatte er sich nicht gemeldet? Waren Mutter und ich ihm egal?

Mich fröstelt. Der Tee im Becher ist kalt wie meine Füße. Die Heizung schafft es kaum über zehn Grad. Il est froid dans ma DEDEUCH. Kühle Luft kriecht aus allen Fugen und Ritzen der Fenster. Ich hoffe, ich werde nicht krank.

Während ich klein FRANCE langsam stadteinwärts steuere, drehe ich am Radio, um auf andere Gedanken zu kommen. Auf BERLINER RUNDFUNK ist Christa T. mit ihrer Gemeinde noch immer das Thema des Tages. Autorenkollegen und Kritiker diskutieren lebhaft mit Zuhörern, die von Zeit zu Zeit live ins Studio geschaltet werden. Ich drehe lauter. Mutters roter Liebling dröhnt übers Kopfsteinpflaster und brummelt zwischen den verschiedenen Stimmen gleichgültig vor sich hin.

»Nein, nein«, sagt eine Kritikerin aus Hamburg bestimmend, »Christa T. ist ihrer Utopie von der menschenwürdigen Gesellschaft auf eine romantische Art und Weise stets treu geblieben«, das stünde in jedem Fall fest, das sei gesichert. Davon habe sie mit »hellwacher Vernunft geträumt«, »auch wenn sie frühzeitig erkannt hat, dass ihr Land längst am Ende war...«

»Am Ende?«, entgegnet ihr ein Schriftstellerkollege aus Berlin barsch und etwas zu laut. »Ja, am Ende, weil es die besten Leute nicht mehr integrieren konnte und Menschenopfer forderte«, ergänzt die Kritikerin ihren Satz. Der Schriftsteller räuspert sich und brummt ins Mikrofon: »... ja gut – aber ...«

Irgendwann hab' ich einfach ausgeschaltet. Was Vater gemeint hätte, frage ich mich. Wieder betäube ich die aufkommende Stille in FRANCE, indem ich eine von Mutters alten Kassetten einlege. Ein halbes Dutzend davon liegen leicht verstaubt in der Netzablage unter dem Armaturenbrett. Eines der ungezählten Alben von SERGE REGGANI kommt mir zwischen die Finger. Ein leises Rasseln und Knistern, dann setzt der erste Ton ein:

»L'absence /
D'un enfant, d'un amour /
L'absence est la même /
Quand on a dit je t'aime /
Un jour... /
Le silence est le même...«

Vater hatte nie gelernt, an der richtigen Stelle zu schweigen. In seiner Kindheit und Jugend schien ihm eine Verlogenheit gegen sich selbst gepredigt worden zu sein. Irgendwann bewirkte dies das Gegenteil, auch wenn er versuchte, uns und sich mit Worten zu schützen. In den vergangenen Tagen hatte sich bei Mutter und mir die Einsicht herausgebildet, dass er über all die Zeit hellwach und misstrauisch geblieben sein musste. Der Argwohn, der nächste Augenblick könnte alles von Grund auf ändern, Furchtbares für sein Leben bereithalten, verließ ihn wohl nie. Er verabscheute es, willenlos ausgeliefert und von der Willkür anderer abhängig zu sein. Sooft wir seine Briefe und Texte lasen – alles schien um ein einziges Thema zu kreisen: das Staunen und die Wut über die Wunden, die ihm sein Land geschlagen hatte. Aber was kam danach? Was war dann? Ich wusste es nicht.

Heute

Arno schlief manchmal mehrere Tage. Immer wieder erwachte er und versuchte, die fremden Bilder abzuschütteln, die ihn in diesen Nächten verfolgten. Rußverschmierte, gesichtslose Gestalten, die bis zum Rand angefüllt waren mit Nacht und die im alten Kesselhaus der Fabrik wortlos Kohle schaufelten, während er vergeblich versuchte, blasse Neonlampen an Decken und Wänden zu befestigen. Zum Gespräch kam es nicht. Kein einziges Mal. Stille schlug ihm entgegen, wenn er die Bilder, die tief in ihm lagerten, wie von selbst aufsteigen ließ, bevor er sich dann wieder dem Schlaf übergab.

Schweißnass wachte er auf, ohne irgendein Gesicht vor Augen zu haben. Manchmal kam jemand und befeuchtete Lippen und Mund, damit er sprechen und atmen könne.

Polierte Türklinken, verchromte Gardinenstangen, weiße Kachelwände – sein Zimmer schien seltsam vertraut. Auf den Klinikfluren suchte Arno manchmal die Notausgänge – und wusste dann nicht mehr warum.

Was er früher erlebt hatte, war ihm über die Wochen und Monate sanft genommen. Weggerutscht oder entfallen. Er wusste von damals nicht viel. Und plötzlich die Stimme der Mutter im

Haus der Großmutter. Fest und bestimmt. Die am Boden schleifende Dielentür, die sich nur schwer wieder zudrücken ließ. Das kratzende Geräusch beim Öffnen und Schließen. Er allein mit der Mutter im Zimmer. Unvorbereitet. Er wollte nicht stören. Wirklich nicht.

Die morgendlichen Infusionen mit ihren Schläuchen und Kanülen schlossen manchmal vergangene Bilder auf, zu denen er seit Jahren keinen Zugang mehr gefunden hatte. Verborgene Räume. Verriegelte Türen. Verschwiegen wie der Keller unterm Westturm der Klosterruine, dessen schmalen Eingang er mit dem Freund vor Jahrhunderten entdeckt hatte und aus dessen Labyrinth sie gemeinsam entflohen waren.

Plötzlich erinnerte sich Arno an das Gefühl, das damals nach ihm gegriffen hatte, als er die Tagebücher verbrannte. An jenem Morgen. Nach der Schicht. Sechs Jahre seines Lebens, verbrannt zu Asche und Glut. Briefe, Karten und Fotos. Glimmende Kohle und bröckelndes Holz zwischen lodernden Flammen. Sich wölbende Bücherdeckel und sich aufbäumende Seiten. Fliehende Flugasche und Aschepartikel.

HAUSSUCHUNG – HEUTE.

Er hatte Sehnsucht nach Avignon und Heimweh nach sich. Seine schweren Augen standen leer seither. Die Angst reichte ihm ihre Hand. Jeden Tag, immer und immer wieder. Das Warten auf das Warten. Und nichts geschah.

Nach neuesten Informationen des IM „Delilah" und des IMB „Paulus" hat sich bei der OV-Person der Verdacht einer manifesten Verhaltensstörung mit beginnendem Verfolgungswahn bestätigt. Sein Mißtrauen veranlaßte ihn u. a. dazu, im Keller des Mehrfamilienhauses die zu seiner Erdgeschoßwohnung führenden Elektro-, Telefon- und Klingeldrähte fachgerecht zu zertrennen, weil er vermutet, daß diese von unserer Diensteinheit technisch zu Abhörzwecken genutzt werden. Diese Äußerung machte er gegenüber dem IM „Delilah" am 06.02.1980 und gegenüber dem IMB „Paulus" während der außerplanmäßigen Notfallsprechstunde in der Poliklinik Süd am 18.02.1980. Die Zielperson arbeitet seit der Tat bei Dunkelheit im Kerzenlicht. In Zusammenarbeit mit den örtlichen Organen ist daher dafür zu sorgen, daß im unmittelbaren Arbeits- und Wohnbereich der Vorgangsperson Kerzen im staatlichen Warenhandel verknappt werden bzw. nicht mehr erhältlich sind.

Morgen

Ich steuere klein FRANCE entlang der Oranienburger und suche nach einem Parkplatz. Mehr als neunzig Minuten bin ich zu früh. Ich verspüre etwas Hunger und suche nach einem Café. Ende der Neunziger war ich oft hier. Manchmal jeden Abend – mit Freunden, mit Kommilitonen. Verrückte Zeit, denke ich mir. Studentenzeit eben. Mir gefällt die Straße mit ihren Boutiquen und Restaurants noch immer, obwohl ich nicht mehr viel wiedererkenne. Gegenüber der Neuen Synagoge entdecke ich schließlich einen grünen 2 CV mit Pariser Kennzeichen. Ungewollt muss ich lächeln: *2 CV verte – sans retouche.* Wie gern würde ich Mutter jetzt zwicken. Ich wende mitten auf der Straße und stelle mich direkt hinter die grüne ENTE. Fünf Minuten später sitze ich im Restaurant ORANIUM. Das Gebäude – stuckverspielte Stadtvilla im Gründerzeitstil. Etwas hoch – etwas breit. Vor der Tür stehen Korbsessel mit Wolldecken und aufgedrehten Gasstrahlern, einladend – aber mir ist kalt. Im Erdgeschoss: einfach geschwungene Bistrostühle, kleine Tische – für zwei Personen, eingedeckt mit Tassen, Platzdeckchen und Silberbesteck. Ein mächtiger Eichentresen mit integriertem Zapfhahn und Spültisch thront wuchtig im Raum. Umspielt von drei gigantischen Bogenspiegeln, die auf massiven Säulen fußen. Auf den Tapeten – pastellfarben sich rankende Rosen. Das Café ist fast leer, ein junger Mann mit Zeitung vis à vis – zwei Tische weiter – und ein Pärchen auf Barhockern am Tresen. Der junge Mann blickt kurz auf und sieht mir zu, wie ich mich in die Nähe der Heizung setze. Er trägt ein weißes Leinenhemd mit einem schmalen Kragen und ein hellblaues Schaltuch um den Hals. Sein schwarzes Sakko hängt lose und halb verrutscht über der Stuhllehne. Er ist blass, die Wangen leicht gerötet. Ich lege meinen Mantel über den Schoß, damit er mich wärmt, und bestelle eine große Bowl Milchkaffee und ein Croissant. Butter, Mandel, Nougat, Käse oder Schinken, fragt der Kellner, ohne mich dabei anzublicken. Einfach Croissant, antworte ich ihm.

Ich lebe in Les Vans, einer Kleinstadt unmittelbar an der Gorges de l'Ardèche, knapp eineinhalb Stunden Autofahrt von Avignon entfernt. Jedes Wochenende fahre ich zu Mutter. Meistens zumindest. Querfeldein, über die Dörfer der Cévennes, hinüber zu den Lavendelfeldern der Provence. Vater hat das nie gesehen. Er kennt es einzig von Postkarten und von Fotos. An meinen Kindergeburtstagen, bei Feiern zu Haus, habe ich oft mitgespielt, mit Grand-père und Grand-mère, wenn Mutter aus seinen Briefen vorlas. So tat, als wäre er da. Wenn er mich grüßte, mich umarmte. Ich hoffe jetzt, Mutter helfen die Akten, die verlorenen Erinnerungen zu finden. Für sich und für mich, damit wir leben können, mit ihm – und ohne ihn.

Wieder fällt mir ein Satz ein, den ich während der Fahrt im Radio gehört habe. Ein Satz, den Christa T. einmal geschrieben haben soll: »Der Kern der Gesundheit ist Anpassung«. Wie ich den Satz auch wende und drehe, irgendwie bleibt er fremd.

Der junge Mann mit der Zeitung ist aufgestanden und kommt zu mir herüber. Immer wieder hat er in den vergangenen fünfzehn Minuten zu mir geschaut, wie ich mit leicht angewinkelten

Beinen meinen Kaffee trinke und ab und an mein Croissant in den Milchschaum tunke. »Sind Sie Französin?«, fragt er freundlich zurückhaltend und legt eine weiße Serviette mit einer Bleistiftskizze von mir auf den Tisch. »Nein«, sage ich – und das Gefühl, stark und nicht mehr ohnmächtig zu sein, kommt in mir auf, »ich bin moitié-moitié. Sie verstehen? Halb Französin, halb Deutsche.«

Heute

Ruhig lag Arno auf dem Bett. Dieser Tag war kein Traum. Ihm schien, als sei er schon einmal hier gewesen, in den Räumen der Stille. Einer ungewöhnlichen Stille. Abgeschnitten von aller Welt. Vom Bett aus sah er aus dem Fenster. Er roch den ersten Schnee in der Luft und den kommenden Winter. Er musste sich dabei nicht anstrengen, seinen Kopf nicht bewegen. Mit leicht geöffnetem Mund sah er durch die matten Scheiben. Das Fenster – halb geöffnet. Vergitterte Verbundfenster mit sechs Vierkantschrauben und dreifach verriegeltem Sperrhaken. Die Schrauben im Kreuz zweifach geschlitzt. Darüber – doppeltes Oberlicht. Er sah das alles nicht zum ersten Mal. In die Stille hinein hörte er das Tschilpen der Sperlinge und den Gesang der Amseln. Als er sich aufsetzte, erblickte er den ersten geronnenen Schnee auf den Wegen, die von Asche und Rauch gezeichneten Bahndämme, die weißgrau gebrochenen Gärten und die Zweige und Äste von glänzendem Reif überzogen. Die Erdkruste hart, Löcher und Spalten schneeverweht. Das Eis auf den Pfützen wie in seiner Kindheit. Das Schlittern überm Ungewissen. Das Knirschen unter der Sohle. Die Spannung dazwischen.

Die Bäume standen einzeln und fest im harschen Weiß, und

selbst der Himmel blieb erstarrt am Horizont. Als lege er sich den Menschen um den Hals. Sanft, wie die gedrehte Schlinge am Fenster. Fester – immer fester.

Arno lag in seinem Bett, und seine Augen schmerzten von den zurückgehaltenen Tränen. Sehnsucht war eine fremde Vokabel geworden. Abgenutzt und verbraucht. Ihm entschwand die Kraft, auf etwas zu warten. Auf irgendetwas zu warten.

Beim OV „Strippenzieher" handelt es sich um eine Vorgangsperson, die nach wie vor eine feindlich-negative Grundeinstellung hat. Durch die von uns eingeleiteten Zersetzungsmaßnahmen wurde ein hoher Grad der Verunsicherung erreicht, die zur Einweisung der OV-Person in die psychiatrische Klinik Stadtroda führte. Durch den IMB „Paulus" (Facharzt) der Abteilung XX konnte eingeschätzt werden, daß die Zielperson stark suizidgefährdet ist. Ein unabhängiges Zweitgutachten bestätigt dies. Mit weiteren, massiven Zersetzungsmaßnahmen muß in naher Zukunft verhindert werden, daß der „Strippenzieher" durch Suizid die Aufklärung seiner feindlich-negativen Handlungen erschwert oder daß er sich hierdurch einem Strafverfahren entzieht.

Postfach 121111 | 10605 Berlin
www.transit-verlag.de

Umschlaggestaltung, unter Verwendung
eines Fotos von Thomas Liebenberg,
und Layout: Gudrun Fröba
Druck und Bindung: Pustet, Regensburg
ISBN 978 3 88747 301 3